古代文史名著选译丛书

主编 章培恒 安平秋 马樟根

曾巩诗文选译

修订版

译注 祝尚书
审阅 曾枣庄

凤凰出版传媒集团 凤凰出版社

图书在版编目（CIP）数据

曾巩诗文选译 / 祝尚书译注. -- 南京 : 凤凰出版社，2011.5
（古代文史名著选译丛书）
ISBN 978-7-5506-0447-6

Ⅰ. ①曾… Ⅱ. ①祝… Ⅲ. ①宋诗－选集②古典散文－散文集－中国－北宋 Ⅳ. ①I214.412

中国版本图书馆CIP数据核字(2011)第046072号

书　　名	曾巩诗文选译
译 注 者	祝尚书
责任编辑	樊　昕
出版发行	凤凰出版传媒集团 凤凰出版社(原江苏古籍出版社) 南京市中央路165号　邮编　210009 发行部电话025-83223462
集团网址	凤凰出版传媒网　http://www.ppm.cn
照　　排	江苏凤凰制版有限公司
印　　刷	江苏凤凰扬州鑫华印刷有限公司 扬州市江阳工业园蜀岗西路9号　邮编 225008
开　　本	960×1304毫米　1/32
印　　张	9.5
字　　数	154千字
版　　次	2011年5月第1版　2011年5月第1次印刷
标准书号	ISBN 978-7-5506-0447-6
定　　价	19.00元

（本书凡印装错误可向承印厂调换，电话:0514-85868858）

《古代文史名著选译丛书》修订版
出版说明

呈献在读者面前的这套《古代文史名著选译丛书》是2011年的修订版。全书共134册，包括了中国从先秦至清末两三千年间的著名典籍。每部典籍都选其精粹(《论语》《老子》则全文收录)，收录原文，加以简明的注释，力求准确地译为现代汉语，并于每一篇之前写有对该文的提示性说明。这是近一个世纪以来，规模最大、收录种类相对齐全、译注质量较高的一套普及传统文化的今译丛书。

这套丛书，原在1992年—1994年由巴蜀书社分三批出齐，印行过万套；不久，又由台湾的出版机构买去海外版权在台湾及海外发行，可见这套丛书当年在两岸受欢迎的程度。时隔17年，丛书编委会决定重新修订，改由江苏凤凰出版集团所属的凤凰出版社出版。

这套丛书是由教育部属下的全国高等院校古籍整理研究工作委员会（简称古委会）于 1985 年策划的。古委会组织了全国 18 所大学的古籍整理研究所的所长任编委会编委，由我们三人任主编，在全国范围内选请学有专长的学者承担各书的译注。从 1986 年—1992 年，历时 7 年完成。当时，编委会制订了严明、可行的体例和细则，译注者按要求完成书稿。每部书稿完成后，都在全国范围内请编委会之外的专门研究这一学术领域的两位专家初审，合格后再请两位编委参照初审意见审改，然后退还原译注者改正。待原译注者改正后，再由编委会集中常务编委和部分编委、相关专家在一地将每部书稿从头至尾审改。这样的集中审稿会一般都在 8—15 天，7 年中开了 12 次审改会。审改后，三位主编再集中在一起逐一审定，交付出版社。这一工作程序，使得这套丛书的译注质量有了一定的提高。所以，这套丛书，在一定程度上是个人与多人合作的结果。关于这套丛书的编纂始末，我们曾在 1992 年 4 月全书交稿后写有一篇文章，这次附在修订版书末，便于读者了解。

这次修订，是交由原译注者自己修改。少数译注者已去世，则书稿一仍其旧。个别译注者已联系不上，也保持原貌。

1992年—1994年出版时，书前有当时古委会主任周林先生写的序。周林先生是这一丛书的发起者。他已于1997年6月去世，至今已14年了。为了尊重历史，也为了纪念他，修订版仍用他的序。

我们三人在1985年—1992年主持这套丛书工作时，年龄大的是从51岁到58岁之间，年龄小的是从44岁到51岁之间，那时尚有精力组织、参与这一工作，今天我们都已年逾古稀。全书修订版出版之际，心情似乎比当年更惴惴不安地期待着读者的评头品足，期待着不要对读者贻误太多。

回想这套丛书，真应该感谢我们的祖先为我们留下了这样深厚、丰富的思想、文化遗产，使我们今天仍然受用无穷。应该感谢这套丛书的全体译注者、审阅者、编委和当年的出版者巴蜀书社、今天的出版者凤凰出版社，是他们的学识、辛勤与真诚使得这套丛书得以面世。

章培恒　马樟根　安平秋

2011年3月15日

序

《古代文史名著选译丛书》与广大读者见面了。这是丛书编委会的同志与众多专家学者通力协作、辛勤耕耘的结果。

中华民族在五千年漫长的岁月里，创造了光辉灿烂的文化，给人类留下了丰富的精神财富。“观今宜鉴古，无古不成今”。今天，以马克思主义的科学理论为指导，整理研究我国古代文化典籍，做到汲取精华，剔除糟粕，古为今用，推陈出新，使人们在正确认识民族历史的同时，得到爱国主义的教育，陶冶道德情操，提高全民族的文化素质，促进社会主义文化的繁荣，使文明古国的历史遗产得以发扬光大，这是我们每个炎黄子孙的责任。而要做到这样，对古籍进行整理与研究是重要的基础工程。但是，整理与研究古籍仅作标点、校勘、注释、辑佚还不够，还要有今译，使老年人、中年人、青年人都愿意去读，都能读懂，以便从中得到教益。

基于以上认识，全国高等院校古籍整理研究工作委员会于1986年5月组成了以章培恒、安平秋、马樟根三位同志为主编的《古代文史名著选译丛书》编委会，确定了以全国十八所大学的古籍整理研究所为主力承担这一看似轻易、实则艰巨的今译任务。在第一次编委会议上，拟定了《凡例》、《编写与审稿要求》、《文稿书写格式》和一百余种书目。以每一种书为十万至十五万字计算，这套丛书大约有一千余万字，应该说是一项大工程。经过一年的努力，完成了第一批三十六部书稿的译注任务。在各研究所的专家与所长把关的基础上，于1987年5月和7月，先后在复旦大学、北京大学召开了部分编委参加的审稿会，通过了二十五部书稿，作为《古代文史名著选译丛书》与广大读者见面的第一批作品。与此同时，在1987年7月6日，邀请了在京的十几位专家教授与编委会十几位编委一起座谈这套丛书与古籍今译的问题。专家们肯定了今译工作的必要性与深远意义，并以他们数十年的教学科研和创作的经验，说明今译是一项难度很大的工作，是培养人才，使之打下坚实基本功的一种有效方法；专家们还对《古代文史名著选译丛书》提出了宝贵的建议，这对当时的审稿工作和保证《丛书》的质量起了很好的作用。

实践证明，古籍的今注不易，今译更难。没有对作品的深入、透彻的研究，没有准确、通俗、生动的语言表达能力，要想做好今译是不可能的。两年多来，全国高等院校古籍整理研究工作委员会在探索古籍的今注、今译的道路上，做了一些工作。这部丛书的出版，是系统今译的开始，说明古籍整理研究工作有了新的进展。更可喜的是，一批中青年学者参加了今注今译工作，为古籍整理增添了新生力量，相信他们会在实践中，在学习中，成长成熟。我希望，这套丛书的编委会和高校各古籍整理研究所要敞开大门，加强同国内外专家学者的联系，征求他们和广大读者的意见，并向有真才实学而又适宜做今译工作的专家学者约稿，以提高古籍译注的水平，使《古代文史名著选译丛书》的第二批、第三批作品的质量更上一层楼。

这是一套以文史为主的大型的古籍名著今译丛书。考虑到普及的需要，考虑到读者对象，就每一种名著而言，除个别是全译外，绝大多数是选译，即对从该名著中精选出来的部分予以译注，译文力求准确、通畅，为广大读者打通文字关，以求能读懂报纸的人都能读懂它。我希望这套丛书能成为中小学教师的语文、历史教学的参考书，成为大专院校学生的课外读物，成为广大文史爱好者的良师益友。由于系统的古籍今译工作还刚刚起步，这套丛书定会有不少缺点、错误，也诚恳地希望读者批评指正。

巴蜀书社要我为这套丛书写序，我欣然接受了。我相信这套丛书不仅会使八十年代的人们受益，还将使子孙后代受益，它将对祖国的繁荣昌盛起到点滴的作用。最后借此机会向曾给予我们支持、帮助的专家学者和巴蜀书社的同志表示衷心的感谢！并殷切地希望台湾同胞、港澳同胞、海外侨胞和我们一同做好祖先留给我们的文化遗产的整理工作，为中华民族灿烂的文化再放异彩而努力！

周　林

1987年10月于北京

目　录

前言 …… 001
诗 …… 001
冬望 …… 001
叹嗟 …… 006
胡使 …… 009
秋怀 …… 011
高松 …… 014
江上怀介甫 …… 017
庭木 …… 019
舞鹤 …… 025
追租 …… 027
麻姑山送南城尉罗君 …… 032
明妃曲 …… 037

戏书 …………………………………………… 040
南湖行 ………………………………………… 042
汉阳泊舟 ……………………………………… 045
促促为物役 …………………………………… 047
楚泽 …………………………………………… 049
晚望 …………………………………………… 051
冬夜即事 ……………………………………… 054
甘露寺多景楼 ………………………………… 056
上元 …………………………………………… 058
城南 …………………………………………… 060
西楼 …………………………………………… 062
文 …………………………………………… 064
越州鉴湖图序 ………………………………… 064
进太祖皇帝总序并状 ………………………… 080
南齐书目录序 ………………………………… 100
李白诗集后序 ………………………………… 108
赠黎安二生序 ………………………………… 114
送李材叔知柳州序 …………………………… 118
送蔡元振序 …………………………………… 123
与王介甫第一书 ……………………………… 127
寄欧阳舍人书 ………………………………… 131
与孙司封书 …………………………………… 138
秃秃记 ………………………………………… 147

醒心亭记 …… 153
墨池记 …… 157
宜黄县县学记 …… 160
学舍记 …… 169
南轩记 …… 175
抚州颜鲁公祠堂记 …… 180
拟岘台记 …… 188
尹公亭记 …… 193
兜率院记 …… 198
越州赵公救灾记 …… 203
议经费札子 …… 210
邪正辨 …… 217
读贾谊传 …… 224
说官 …… 229
议仓 …… 234
苏明允哀辞 …… 241
夫人周氏墓志铭 …… 248

编纂始末 …… 001
丛书总目 …… 001

前　言

在我国群星灿烂的古代作家队伍中，“唐宋古文八大家”放射着夺目的光彩，而其中的曾巩，以他杰出的创作成就，历来为学者所重视。曾巩(1019—1083)，字子固，宋建昌军南丰县(今属江西)人，世称“南丰先生”。他出生在一个富有文化修养的官僚家庭里。祖父曾致尧(947—1012)，字正臣，宋太宗太平兴国八年(983)举进士，历直史馆、两浙转运使、判三司盐铁勾院、京西转运使，曾做过寿、泰、泉、扬、鄂等州的知州，有文集十卷和《仙凫羽翼》等专书数种。父亲曾易占(989—1047)，字不疑，也曾登进士第，做过宜黄、临川二县尉，善写文章。

曾巩从幼年起便开始读书，逐渐对经书和历代作家的文章发生了浓厚的兴趣，因而决心振兴儒道，同时又树立起与古今著名作家并驾齐驱的雄心壮志。宋仁宗景祐三年(1036)，曾巩十八岁，第一次上京师(今河南开封)考进士，但没有考中。在京师，他结识了王安石，并对王安石的文章极为赞赏，有“嗟予见之晚”的感叹(《寄王介卿》)。从此，他们互相切磋学问，建立起了深厚的友谊。

这一年，曾巩的父亲在知信州玉山县(今属江西)时受人诬陷，虽已澄清事实，却仍然落职归乡。由于祖父、父亲长期在外做官，所以这时南丰老家既没有房屋，也没有田地，一切都得重新经营。全家生活的重担，一下落到了曾巩肩上。曾巩为了全家的衣食，不得不操持家业，下田干活，又辛辛苦苦地四方奔走，几乎走遍了半个中国。这段极艰难的生活历程，既弄得年轻的曾巩精疲力尽，从而深深体会到人生的不易，为他后来关心民生疾苦打下了思想基础；同时也游历了许多地方，增长了见识，开扩了眼界，为文学创作的丰收做了准备。

宋仁宗庆历元年(1041)，曾巩到京师入太学，再次考进士，又落了榜。他于是上书在京城做官的欧阳修，并献上杂文和时务策两编。欧阳修读了他的文章后，十分惊异，形容他的文章像“昆仑倾黄河，渺漫盈百川”，同时也教导他写文章的方法，并寄托很大希望：“决疏以道之，渐敛收横滥。东溟知所归，识路到不难。”（《送吴生南归》，《欧阳文忠公文集》卷七）而且十分高兴和自豪地说：选进士的人虽失去了曾巩，“而独予得也！”（《送曾巩秀才序》，同上卷四二）从此，曾巩便成为欧阳修的得意门生，并逐渐成长为欧阳修所领导的古文运动的主要作家之一。

曾巩这次到京师，据欧阳修说带了“数十万言”的文章，所以虽然考场失利，却从此以文名轰动天下。曾巩早在十二岁时就能写文章，并且“语已惊人”，而“由庆历至嘉祐初，公之声名在天下二十余年，虽穷阎绝徼之人，得其文手抄口诵，惟恐不及”（林希《墓志》）。与他同时的王震后来也说，曾巩早年“齿发壮，志气锐，其文章之剽鸷奔放，雄浑瑰伟，若三军之朝气，猛兽之抉怒，江湖之波涛，烟云之姿状，一何奇也！”（《南丰先生文集序》）可见曾巩在庆历初一步入文坛，便已身手不凡，给人们留下了深刻的印象。

宋仁宗嘉祐二年（1057），欧阳修知贡举，曾巩方与弟弟曾牟、曾布等同登进士第。同榜的还有苏轼、苏辙兄弟。于是一代大作家,都聚会到一起了。这时曾巩已经三十九岁,他的道路实在不平坦。

第二年,曾巩被任命为太平州司法参军,从此结束了早年读书、劳动、写作、漫游的生活,而步入了官场。嘉祐五年(1060),欧阳修推荐他充馆职,编校史馆书籍,其间历馆阁校勘、集贤校理、兼判官告院,直到英宗治平四年(1067),历时八载,虽说是做官,却多在书斋研究学问。宋神宗熙宁元年(1068),诏修《英宗实录》,曾巩任检讨官,不久被罢免。次年,他自求补外,于是被任命为越州通判。后又历任齐州、襄州、洪州、福州知州。神宗元丰元年(1078),召判太常寺,不久改知明州,次年徙知亳州。元丰三年移知沧州,路过京师,神宗召见,遂留京勾当三班院。第二年七月,神宗任命他充史馆修撰,专典史事。元丰五年四月,擢拜中书舍人,不久以继母去世而罢。元丰六年(1083)四月十一日,曾巩病逝于江宁府(今南京),享年六十五岁,谥文定。

曾巩平生无所玩好,唯喜欢藏书和读书。他聚书达二万卷,亲手校勘,到老也不觉得疲倦。他收集古今篆刻，编成《金石录》五百卷。著有《元丰类稿》五十卷、《续元丰类稿》四十卷、《外集》十卷。除《元丰类稿》今存外，其余都已散佚。

曾巩生活的时代，宋王朝政治腐败，经济困难，阶级矛盾和民族矛盾进一步加剧。于是，上层统治集团中的有识之士，在仁宗时发动了"庆历革新"，神宗时又掀起了著名的王安石变法，目的是为了巩固其统治，而客观上对农民也多少带来了一些好处。但是改革曾遭到旧党的激烈反对，斗争十分尖锐。曾巩没有卷入当时斗争的漩涡中去，他与挚友王安石之间，在见解上也出现了不小的分歧。但是，曾巩从他的儒家思想出发，对社会和政治仍十分关切。他在许多奏章和论文中，抨击了因循守旧的恶习，指出了不少社会弊端，也提出了解决的方法，可见他仍然是主张变革的，对形势的认识也是清醒和深刻的。比如《议官》的要求改革官僚制度，《议经费札子》的主张省浮费、明法度，等等，都表明他仍然置身于改革的潮流之中。他与王安石的分歧，可能只是在具体的步骤和方法上。尽管如此，曾巩执行新法仍是认真的。他弟弟曾肇在《行状》中说他在知齐州时，"会朝廷变法，遣使四出，公推行有方，民用不扰。使者或希望私欲有所为，公亦不听也。”

当然，曾巩毕竟主要是位作家，而不是政治家。下面我们着重叙述他的文学创作及成就。

从《元丰类稿》和前人辑得的佚篇看，曾巩主要写作诗歌、散文，而词只有一首，可以不论。关于曾巩的诗歌，从当时到清代，一直有争议。他的学生秦观、陈师道说他“短于韵语”，即不善作诗。这话一出，便传为口实。但后代许多人都不同意这种说法，并据理反驳。今人钱钟书先生在《宋诗选注》中说：“就‘八家’而论，他（曾巩）的诗远比苏洵、苏辙父子的诗好，七言绝句更有王安石的风致。”就总体而言，曾巩诗歌的成就远不及他的散文，但他确实也创作了一些杰出的诗篇，说他不会作诗未免偏颇。不过从曾巩现存的近四百四十首诗看，平平之作也不少。这一点，何焯曾经中肯地指出了他的病根：“大抵南丰诗不能细润，只缘直以李（白）、杜（甫），韩（愈）三家为法，六朝略不留意故耳。”（《义门读书记》卷四〇）正因为他较少学习和吸取六朝诗人的创作经验，所以相当部分作品在艺术上显得较为粗糙，这是勿庸讳言的，说他的诗远比苏辙好，恐怕也难达成共识。

曾巩的诗歌，大致古体诗学李白、韩愈，律诗学杜甫。但是前人的影响是综合的，不能一一去比附。曾巩诗歌的内容颇为丰富，部分作品继承了杜甫忧国忧民的传统，如《追租》描写大旱后农民生活的极端困苦，鞭挞了不顾农民死活而逼租的酷吏；《叹嗟》、《胡使》、《楚泽》等诗，对宋王朝的内忧外患深为关注，对当政者无能安边富民极为忧虑，都表现了诗人关心国家命运和人民生活的积极态度。咏物托志，讽谕现实，是曾巩诗歌的另一重要内容。如《高松》中以松树喻人才，对埋没人才的社会现象深表不满，痛惜地问："般匠世有无？"《庭木》诗中用"佳树"比喻国家、朝廷，而以乌鸦比喻恃宠弄权、无恶不作的权贵，警告他们"安知无刀斧"，何焯说："篇中颇有似昌黎（韩愈）《病鸱》诗。"（《义门读书记》卷四〇）抒情言志，送人怀友，是曾巩诗歌的第三个主要内容。《冬望》诗中表现了自己刻苦读书、"欲挽白日之西颓"的雄心壮志，何焯说是"学韩亦兼有似太白处"（同上）。《麻姑山送南城尉罗君》是赠友的，同时也抒发了热爱山水和思念故乡的情怀。曾巩诗歌的艺术风格是多样的，既有如杜甫的沉郁顿挫，也有如李白、韩愈的闳肆奇崛。至于《南湖行》的活泼明快，《城南》、《西楼》等七绝的清新，也颇令读者耳目一新。尤其应当指出的，作为宋诗的议论化、散文化的共同特点，在曾巩诗歌（特别是古体诗）中也表现得相当明显。

曾巩文学创作成就最大的是散文，这是历来所公认的。《宋史》本传说他为文“本原六经，斟酌于司马迁、韩愈”。同时他接受欧阳修的指导，所以文章也最接近欧阳修，宋人称他为欧的“嫡嗣”。曾巩与其他古文家一样，将儒家之“道”作为自己的指导思想。但是，曾巩又与宋初以来的某些古文家对儒家经典以外概加排斥的偏狭态度不同，他接触的文化遗产十分广泛，做到博学约守。在《南轩记》中，他开列了自己处与之俱，当作益友的书籍门类，计有“六艺百家史氏之籍，笺疏之书，与夫议美刺非、感微记远、山镵冢刻、浮夸诡异之文章，下至兵权、历法、星官、乐工、山野、野圃、方言、地记、佛老所传”，可见范围之广博，就连他所反对的佛老二教，对其书也进行过研究。要是没有如此深厚的文化知识积累，要想卓然自成一家，是决不可能的。当然，其中对曾巩创作影响最大的，还是先秦两汉的古文。在《读贾谊传》中，他说："余读三代两汉之书，至于奇辞奥旨，光辉渊澄，洞达心肺，如登高山以望长江之活流，而恍然骇其气之壮也。故诡辞诱之而不能动，淫辞迫之而不能顾，考是与非则若白黑而不能惑……既而遇事辄发，足以自壮其气，觉其辞源源来而不杂……。"曾巩在不少诗文中，都谈到他刻苦读书的情况，从上引可见他对"三代两汉之书"下过很大功夫，而且获益匪浅。

曾巩没有专文谈论自己的文学主张，但从许多文章中，可以直接或间接地看出他的观点。在《与王介甫第一书》中，他转述欧阳修对王安石文章的意见时说："欧公更欲足下少开廓其文，勿用造语及模拟前人。……欧云：孟（轲）、韩（愈）文虽高，不必似之也，取其自然耳。"可以认为，欧阳修也以同样的观点指导曾巩，曾巩也吸取为自己的主张。气象开阔，不模拟，取其自然，正是对宋初以来一些古文家模拟造作、苦涩奇诡的严重弊病的矫正。在其他文章中，曾巩还表达了如下主张：一是要以文明道。在《上欧阳学士第一书》中，他说，"明圣人之心于百世之上，明圣人之心于百世之下"，"口讲之，身行之，以其余者又书存之，三者必相表里"。在《王深父文集序》中，他赞扬王回“以明圣人之道于千载之后，所以振斯文于将坠”。文以明道，原是韩愈提出的，曾巩继承了这个观点，它不同于道学家的“文以载道”甚至“文能害道”的主张。第二，曾巩在“明道”的同时，也很注重“文”。在《寄欧阳舍人书》中，他认为要写好墓志文，“非畜道德而能文章者，无以为也”。在《南齐书目录序》中，他说：“古之所谓良史者，其明必足以周万事之理，其道必足以适天下之用，其智必足以通难知之意，其文必足以发难显之情，然后其任可得而称也。”同样是文与道并重的。明、清两代有些人将曾巩看成纯粹的“姬、孔之徒”，那是不对的，实际上他不过是一位“明道”的文章家，而不是道学家。

曾肇在《行状》中称曾巩“未尝著书，其所论述，皆因事而发”。这是事实。他现存的各体文章，几乎没有我们今天所说的纯文学作品，然而他杰出的文学才能，却在这大量“因事而发”的作品中得到了充分的体现。

曾巩散文的内容极为丰富。在论议、书启、杂记、序跋、赠序及制诰、表状、碑铭等类的大量文章中，指陈朝政得失，民生疾苦，涉及到政治、经济、军事、文化、教育等诸多领域。或针砭是非，或记事抒情，古文在他手中是运用自如的书写工具。无论是哪种文体，也无论是表达何种内容，他都能独具匠心地剪裁，准确生动地表情达意，“纡徐而不繁，简奥而不晦”(《宋史》本传)，达到炉火纯青的艺术境界。

简言之，曾巩散文有如下主要的艺术特色：一是章法严谨，层次清楚。像《越州鉴湖图序》、《越州赵公救灾记》，事件尽管千头万绪，但作者巧为剪裁，妥为安排，因而不枝不蔓，井井有条，十分简洁明晰。他又善于运用对比、照应、倒叙等手法，使文章结构严密，层次清楚。二是说理透彻，心平气和。曾巩的散文立论通达，思维精密，善于从不同侧面和角度，以充分的论据，把道理讲深说透，也就是他在《赠黎安二生序》中所说的“反复驰骋，穷尽事理”。他又善于运用虚词、转折和层次的重叠来调节语气，使说理舒缓平和，读来决无剑拔弩张、意气用事的毛病。三是博引古今，委曲周详，纡徐百折。由于曾巩学问渊博，见多识广，所以为文喜说古道今，娓娓动听，具有强烈的历史感和立体感，内涵丰富，绝无穷窘单薄之态。四是语言雅正朴素，自然流畅。他的文章文句简短，词义准确，文气连贯，真正做到了“文从字顺”。同时又善于熔叙事、议论和抒情为一炉，往往文情并茂。

曾巩生前已负天下文章大名，并以其突出的创作成就，为欧、苏古文运动的最后胜利作出了重要贡献。身后，他拥有崇高的地位，明人将他列入“唐宋古文八大家”之中。从宋代到清桐城派，凡学习古文的人们，都多从曾巩入手，将他的作品当作范文，其影响广泛而深远。今天，我们阅读曾巩的作品，尤其是学习和借鉴他成功的写作经验，仍会是得益匪浅的。

曾巩的《元丰类稿》，现存宋、元、明、清各朝的刻本十多种。一九八四年，中华书局出版了《元丰类稿》的校点本，辑补了若干佚诗佚文，更名《曾巩集》，是目前比较完备的读本。这本《曾巩诗文选译》，共选译诗歌二十二首，各体散文二十八篇，包括了曾巩历来被传诵的主要名篇。本书诗歌部分，按《元丰类稿》原顺序编列。散文部分，则先将《元丰类稿》之文与集外佚文按文体归类，原署有写作年代的，按时间顺序排在前面；未署年代的依《曾巩集》先后顺序编列，置于其后。限于译注者的水平，书中必定有不少缺点错误，恳祈读者不吝批评指正。

祝尚书（四川大学文学与新闻学院中文系）

诗

冬　望

这首诗抒发了作者初冬远望麻姑山，极想一游，然而又不能成行的矛盾心情，并说明辍游的原因。一开篇，诗人描写了麻姑山的雄伟气势，接着说因自己才智低下，不被人收用，所以虽极想踩着苔藓上山，却是“思莫裁”——下不了决心。因为他要苦读圣贤著作，要为“义路”培土，因而没有时间和精力游山。曾巩自小潜心经术，以掌握儒家的“道”作为追求的目标。但是在宋代，传统的学术思想已发生了巨大变化，因此要复兴儒学，犹如“欲挽白日之西颓”，极为困难，所以他不得不竭尽精力，以担此大任。这就是他放弃登山的原因。这首诗大约作于曾巩早年在家乡读书的时期，表现了诗人青年时代即怀抱着雄心壮志以及为之艰苦奋斗的精神。

霜余荆吴倚天山①，铁色万仞光芒开②。麻姑最秀插东极③，一峰挺立高嵬嵬④。我生智出豪杰下，远迹久此安蒿莱⑤。譬如骅骝踏天路⑥，六辔岂议收驽骀⑦？巅岩初冬未冰雪，藓花入履思莫裁。长树夹路盖十里，苍颜毅气不可回。浮云柳絮谁汝碍？欲往自尼诚愚哉⑧。南窗圣贤有遗文，满简字字倾琪瑰⑨。旁搜远探得户牖，入见奥阼何雄魁⑩。日令我意失枯槁，水之灌养源源来。千年大说没荒冗，义路寸土谁能培⑪？嗟予计真不自料，

① 荆吴：今湖北、湖南、江西及江苏、浙江部分地区，这里主要指江西一带。 ② 仞：古代长度单位，八尺（或说七尺）为一仞。万仞，极言高，不是实数。 ③ 麻姑：山名，在今江西南城县西南。 ④ 嵬（wéi 唯）嵬：高大的样子。 ⑤ 蒿（hāo 毫阴平）莱：野草，引申为草野，代指民间。 ⑥ 骅（huá 华）骝（liú 留）：赤色的骏马，即枣骝马。 ⑦ 六辔（pèi 配）：辔是马缰，这里代指马。古代帝王车驾用六匹马，故称。驽骀（tái 台）：两种劣马。 ⑧ 尼：止息。 ⑨ 琪：玉名。瑰：美石。 ⑩ 奥阼（zuò 坐）：屋子的西南角叫奥，阼是东阶，这里泛指殿堂。魁（kuí 葵）：为首，第一。 ⑪ 义路：《孟子·万章》下说：“义，路也。”后以“义路”指义之所由出，即正义的道路。

欲挽白日之西颓。尝闻古者禹称智，过门不暇慈其孩①。况今尪人冒壮任②，力蹶岂更余纤埃③。龙潭瀑布入胸臆④，叹息但谢宗与雷⑤。著书岂即遽有补，天下自古无能才。

【翻译】

霜后望荆吴那靠着天穹的高山，
拔地万丈只见铁青的光芒闪闪。
最秀丽的麻姑山屹立东边，
一峰挺立巍巍直入云端。
天生我的才智在豪杰之下，
安于久居这远方的草莽间。
好比驾骅骝奔往通天大路，

① “过门”句：传说上古帝王禹因忙于治水，妻子生了儿子，他三过家门而不入。 ② 尪(wāng汪)人：瘦弱的人。 ③ 蹶(jué 决)：竭，尽。纤埃：微尘，这里比喻极小的气力。 ④ 龙潭瀑布：在麻姑山麻源第三谷谷口，传说唐玄宗天宝五年(746)，投龙于瀑布，石室中有黄龙现，见颜真卿《抚州南城县麻姑山仙坛记》。臆(yì 意)：胸。 ⑤ 宗与雷：指宗炳和雷次宗，都是南朝宋人。宗炳(375—443)，字少文，好游山水，曾居庐山，又游巫山、衡山等。雷次宗(386—448)，字仲伦，也曾居庐山，后又在鸡笼山、钟山居住。

谁会考虑用劣马拉辕?
初冬的崖顶还没有结冰下雪,
想踩着藓花攀登却又犹豫难断。
高树掩映着十里山路,
青苍刚劲真是凛不可犯。
浮云柳絮谁阻碍了你?
想去又止,确实愚蠢不堪。
南窗下有圣贤的遗文,
字字句句都是珍贵的珠玉。
广求深探方才寻得门径,
这才发现它是何等雄伟杰出。
使我枯槁的心田充满活力,
象源源而来的春水灌溉滋补。
千年的伟大学说被杂草掩没,
正义的大路谁能培上寸土?
感叹我的理想真是不自量力,
竟想将西坠的落日留住。
听说古代最聪明的要数大禹,
三过家门竟没有看儿子的工夫。
何况我力弱又妄想担当大任,
哪还有精力留连山水景物。
麻姑的龙潭瀑布空入胸怀,

只是愧对宗、雷的雅趣。
著书又岂能立见补益，
这样的能人天下自古未出。

叹　嗟

"叹嗟"即嗟叹、叹息。诗人说他夜里叹,白天也叹,并非叹自己的吃穿不足,而是忧虑外族侵扰,国步艰难,忧虑虫害水灾,而更忧虑皇帝被小人所包围。这首诗集中表达了作者深沉的忧国忧民的感情。

夜叹不为絺绤单①,昼嗟不为薇蕨少②。

① 絺(chī 痴)绤(xì 细):葛布。《诗经·周南·葛覃》:"为絺为绤。"毛传:"精曰絺,粗曰绤。"这里泛指衣服被褥。
② 薇蕨:两种野菜名。这里泛指食物。

天弓不肯射胡星①，欃枪久已躔朱鸟②。
徐扬复忧羽虫孽③，襄汉正病昭回杳④。
力能怀畏未足忧，忧在北极群阴绕⑤。

【翻译】

夜里叹息，不是因为被薄衣单，
白天叹息，不是因为吃不饱饭。
只因天弓不射天狼，边境侵扰不断，
只因彗星久处南宫，国家多灾多难。
又忧徐扬一带蝗虫成灾，

---

①“天弓”句：天弓即弧星，共四颗，古人说是天帝的弓。胡星：指天狼星，古人说它主侵略。都见《史记》卷二七《天官书》。这里“胡星”代指西北少数民族。句以天弓不射天狼，喻指宋朝廷不肯抵御外族入侵。②“欃（chán缠）枪”句：欃枪即彗星，见《尔雅·释天》。古人认为彗星（俗称扫帚星）出现便多灾多难。躔（chán缠）：星辰运行。朱鸟：二十八宿中南方七宿的总名，古人说它是天帝的南宫，是天子的宫庭，也见《史记·天官书》及司马贞《索隐》。这里以彗星运行到南宫已久，喻指朝政不振，国家久已多难。③徐扬：即徐州、扬州，今都属江苏。羽虫：指蝗虫之类。孽（niè聂）：灾害。④襄汉：指今湖北汉水流域。“襄”即襄阳，（今已恢复原名）在汉水上。昭回：阳光回转。杳：幽暗。“昭回杳”指阴雨成灾。⑤北极：代指皇帝。群阴：指众多小人。

汉水流域阴雨连绵。

恩威并用，这一切都不足担忧，

忧心的是皇帝被小人包围欺骗。

胡　使

宋真宗景德元年(1004),辽兵大举南下,宰相寇准力排众议,促成真宗亲征,宋军射死辽大将萧挞览,形势颇有利。然而真宗急于求和,在澶渊(今河南濮阳市)与辽订立屈辱的"澶渊之盟",每年输辽银十万两,绢二十万匹,并与辽圣宗以兄弟相称。从此,宋既要耗费大量军饷屯兵北部边境,以备辽兵不断的侵扰,同时每年又要将大量财富输往辽国,而这些沉重的负担,都落到了人民头上。这首诗写胡(指辽)使一到,统治者便加紧榨取穷困已极的农民,谴责了将相无良策,而使国家如此艰难,对贫穷的农民则表示了深深的同情。

南粟鳞鳞多送北[①]，北兵林林长备胡。
胡使一来大梁下[②]，塞头弯弓士如无。
折冲素恃将与相[③]，大策合副艰难须。
还来里巷索穷骨，斗食尺衣皆北输。
中原相观叹失色，胡骑日肥妖气粗。
九州四海尽帝有，何不用胡藩北隅[④]？

【翻译】

南方层层堆积的粮食多被运往北方，
北部如林的军队长年守卫着边疆。
可是只要辽国的使臣一来到开封，
边塞却像全没有拉弓的兵士一样。
退敌宁边向来是依靠将相，
国家艰难你们该有正确的主张。
为什么反到穷乡僻巷搜刮贫苦百姓，
一斗粮一尺布都要运往北方？
中原的景象真令人失色叹息，
胡骑日益肥壮气焰嚣张。
既然九州四海都是天子的领土，
为什么不收服胡人来防守北疆？

---

① 鳞鳞：形容粮食层层堆积有如鱼鳞。 ② 大梁：即开封，北宋首都。 ③ 折冲：击退敌人。 ④ 藩：篱笆，屏障。

秋　怀

秋天里，一切都是那么惨淡凄凉，而作者内心也充满忧愁。他愁什么呢？原来是自己所学的那些儒家典籍在当时并不适用，仕途上满是荆棘，生活又如此贫困，反倒是那些昏沉沉、不学无术的人有权有势。这说明封建社会像曾巩这类出身寒微的知识分子，想要挤入统治集团是何等艰难。因此，在诗的最后，作者决心洁身自好，不向权势低头，努力向圣人、贤人学习和靠近。这首悲秋诗里，展示了作者心灵的历程，对我们认识封建社会，了解古代有气节的知识分子的心理状态，不无价值。

天地四时谁主张？纵使群阴入风日①。日光在天已苍凉，风气吹人更憀慄②。树木惨惨颜色衰，燕雀啾啾群侣失。我有愁轮行我肠，颠倒回环不能律。我本孜孜学《诗》《书》③，《诗》《书》与今岂同术？智虑过人衹自仇④，闻见于时未裨一⑤。片心皎皎事乖背，众醉冥冥势陵突。出门榛棘不可行，终岁蒿藜尚谁恤⑥？远梦频迷忆故人，客被初寒卧沉疾。将相公侯虽不为，消长穷通岂须诘⑦？圣贤穰穰力可攀⑧，安能俯心为苟屈？

【翻译】

天地四季是谁作主张？

竟放纵阴气侵袭和风太阳。

天上的日头已够寒冷了，

萧瑟秋风更吹得人无限凄凉。

树木惨淡颜色枯黄，

---

① 群阴：古人认为秋天是阳气下降，阴气上升，阴气表现在各种自然现象中，所以说是"群阴"。 ② 憀（liáo 辽）慄（lì 力）：凄凉的样子。 ③ 孜（zī 兹）孜：勤勉不倦的样子。 ④ 衹（zhǐ 只）：恰好。 ⑤ 裨（bì 币）：补益。 ⑥ 蒿藜：野草、野菜，这里代指粗劣食物。恤（xù 序）：救济。 ⑦ 消长：消亡与生长。穷通：困难与顺利。这里指人的命运的好坏。诘（jié 结）：问。 ⑧ 穰（ráng 嚷）穰：纷乱众多的样子。

鸟儿哀唱着失群的悲伤。
我的心中愁肠万转，
颠倒回旋全然不能约束。
我本来勤奋地攻读《诗》《书》，
而《诗》《书》如今有什么用途？
智慧超人只不过害了自己，
见识广博对社会丝毫无补。
一片赤诚却往往事与愿违，
昏庸愚昧竟常常势高气粗。
出门是满路荆棘不能成行，
终年是菜羹粗食，谁来救助？
梦中时时思念远方的朋友，
冷被寒舍中躺着重病的我。
平生本无做将相公侯的奢望，
是穷是达又何须去追问求索？
众多的圣贤还可努力学习，
怎么能低三下四，偷生苟活？

高　松

这首诗歌咏高大、挺直的松树，赞美它是可作“百常柱”的栋梁之材，然而不被“般匠”所识，因此被弃置荒野。显然，作者是运用比拟手法，为人才埋没鸣不平。

高松高干云①，众木安可到？汤汤鸣寒溪②，偃偃倚翠纛③。侧听心神醒，仰视目睛眊④。风雨天地动，一叶不攲倒⑤。岂同涧中萍，上下逐流潦。岂同墙根槐，卷卷

① 干云：高耸云际。 ② 汤（shāng 商）汤：水流声，这里借以形容松涛声。 ③ 偃偃：松枝低伏的样子。纛（dào 道）：大旗。这里比喻树枝。 ④ 眊（mào 冒）：眼睛昏花不明。⑤ 攲（qī 期）：倾斜。

秋可扫。凤凰引众禽，此木阴可焘①。君求百常柱②，星日此可造③。般匠世有无④，方钟野人好⑤。

【翻译】

高高的松树高入云霄，
平凡的树木怎能达到？
松涛霍霍像寒溪咆啸，
松枝偃卧像翠旗高挑。
侧听松风令人心旷神怡，
仰望树冠只觉眼昏目劳。
任凭风吹雨打地动天摇，
一根松针儿也不倾倒。
哪像山涧的浮萍，
随着流水上下飘摇。
哪像墙脚的槐树，
满地落叶任秋风横扫。
凤凰带来了群群飞鸟，
松荫覆盖的高枝正好作巢。

---

① 焘（dào 道）：覆盖。 ② 百常：言极高。“常”是古代长度单位名，八尺为寻，二寻为常。 ③ 造：到。 ④ 般匠：指公输般，亦即鲁班，春秋时技艺极高的建筑工匠。这里隐喻治理国家的宰相、大臣。 ⑤ 钟：专注。好（hào耗）：爱好。

你要寻求百丈长的梁柱，
这松树高抵星日，正合需要。
不知道世上有没有鲁班似的工匠，
为什么爱这高松的只有山民野老？

江上怀介甫

介甫，即王安石（1021—1086），抚州临川（今江西抚州）人，字介甫，作者友人。安石神宗时官至宰相，力主变法，是我国古代著名的改革家，又是杰出诗人、唐宋古文八大家之一。诗中，作者以江畔月下独酌的孤寂环境，融入对朋友深深的怀念之情。诗末引介甫为“知音”，表明两位古文大家早年的深厚交谊。

江上信清华①，月风亦萧洒②。

故人在千里，樽酒难独把。

① 清华：清丽华美。 ② 萧洒：清丽，明爽。

由来懒拙甚，岂免交游寡。
朱弦任尘埃，谁是知音者[1]？

【翻译】

江上的景色实在华美，
月白风清，更加怡情。
可惜你远隔千里，
独个儿实难畅饮。
我从来太懒太笨，
好朋友没有几人。
任灰尘沾满琴弦，
谁能算我的知音？

① “朱弦”两句：用伯牙、钟子期故事。传说古代伯牙善于弹琴，钟子期善于听琴，曾听出伯牙弹琴志在高山、流水，见《列子·汤问》。这里将王安石喻作钟子期。朱弦：代指琴。

庭　木

这首诗所描写的“乌鸟”，就是乌鸦。你看它极善依傍、“栖托”，因而在“佳树”的“最高枝”上安稳地筑起巢穴，连美丽的凤凰也“不能争”。乌鸦志满意得之后，便为所欲为，肆无忌惮，公然窃肉，毁人家室，实在是“一善不能有”的恶鸟。于是作者警告它：“安知无刀斧，崩分弃毛皮。”且又告诫说：不要再招引蠹虫，勾结鸱枭，隐藏狐狸，否则坏事干尽了，“众怒”之下，必有“大患”。显然，诗人运用了传统的比喻手法，将“庭木”比作国家、朝廷，而以乌鸦喻善于钻营投靠，从而身处高位、无恶不作的达官显贵，并对他们进行了无情的鞭挞。

庭中有佳树，清影四面垂。往往风雨夜，蛟龙此投依①。留之待鸾凤，未许燕雀窥②。谁谓乌鸟恶，安巢最高枝。不顾白日照，直傍阴虹飞③。自恃栖托稳，岂忧弹射危。三春独翱翔，百鸟敛羽仪。凤凰不能争，况乃凫雁微。既务志意得，都为世可欺。白昼攫鼎肉④，从容择牷牺⑤。近人不肯避，一怒终夜啼。遭其瞰墙屋⑥，祸患岂可移。听之欲占赦⑦，妇女固已痴。忿害乃其所，何肯报福厘⑧。行路指之叹，童稚争骂讥。鹦䳇献至尊，言语固可奇。翡翠输太府⑨，器服所取资。雉鸡美文章⑩，贽

① 蛟龙与下句鸾凤：都是比喻贤俊的人才。 ② 燕雀：比喻无足轻重的人。 ③ 阴虹：古人说虹是阴气所生，故称。阴虹在这里隐喻社会上的邪恶风气，与上句以“白日”喻正气相对。 ④ 攫（jué 决）：抓取。鼎（dǐng 顶）：三脚的烹饪器。 ⑤ 牷（quán 全）牺：供祭祀用的毛色纯而又完整的牲畜。这里代指肉。 ⑥ 瞰（kàn 看）墙屋：俯视别人的家。古人说乌自名“破家”（见《太平御览》卷九二〇引《焦氏易林》），所以下句说它是“祸患”。 ⑦ 占赦：占卜得到赦免的征兆。传说南朝宋临川王刘义庆被废，他的侍妾夜闻乌啼声，说明天应有赦令，因而作《乌夜啼》曲，见《乐府诗集》卷四七《清商曲辞·吴声歌曲》。 ⑧ 厘：通“禧”（xī 西）。福禧：吉祥、幸福。 ⑨ 翡翠：鸟名，羽毛色彩斑斓，可作装饰品。太府：官署名，掌管库藏财物。 ⑩ 雉（zhì 稚）鸡：即野鸡，雄的羽毛美丽，尾长，可作装饰品。文章：错杂的色彩或花纹。

赠理亦宜①。鹰鹯逐恶鸟②,天威得施为。关雎于周室③,耿洁配后妃。莫如此鸟顽,饱食无所裨。一善不能有,丑声日交驰。但知择嘉处,巍然治其栖。众怒未易忽,微幸亦有斯。安知无刀斧,崩分弃毛皮。且勿引蠹虫④,使树心本披。亦有爱搏击,钩连枭与鸱⑤。亦勿乐顺己,窟穴藏狐狸。凡能致大患,尠不自毫氂⑥。未知引避去,此语足自规。惜哉种树意,长与事乖违。古来亦如此,壮士徒嗟悲。

【翻译】

庭院中有棵美好的大树,

把清凉的树荫投向四方。

---

① 贽(zhì 质):初见尊长时所送的礼品。据《仪礼·士相见礼》,古代士相见,冬天赠送雉。 ② 鹰鹯(zhān 沾):两种猛禽名。古人常用鹰鹯逐鸟雀比喻君王消灭自己的反对者,故下句说"天威"。 ③ 关雎(jū 居):即"关关雎鸠",《诗经·周南·关雎》的第一句。关关:水鸟雄雌和鸣的象声词;雎鸠:一种水鸟名,相传雄雌间情意专一。周室:周王朝。古代学者认为《关雎》这首诗是歌颂周文王妻太姒的"后妃之德",以关雎比喻太姒,故下句说"配后妃"。 ④ 蠹(dù 度)虫:蛀虫。⑤ 枭(xiāo 消):猫头鹰。鸱(chī 痴):鹞鹰,或说是猫头鹰的一种。古人认为它们是坏鸟。 ⑥ 尠(xiǎn 显):同"鲜",少。氂(lí 离):通"釐(厘)"。

往往在风雨交加的夜晚，
连蛟龙也要来歇脚依傍。
留着它等待美丽的凤凰，
可不许小鸟儿前来窥望。
谁料到凶恶的乌鸦，
把窝筑在最高的枝上。
不怕太阳照着它的丑态，
依傍阴虹肆意飞翔。
自认为栖息得稳稳当当，
愁什么弹丸能将它射伤。
春天里唯独它飞得快活，
百鸟不得不收起翅膀。
就是凤凰也斗不过它，
何况凫雁身小力不强。
乌鸦已经志满意得，
认为世间一切都可以欺负。
大白天公然到鼎中偷食，
不慌不忙地专将肉块窃取。
靠近人也压根儿不愿回避，
一发怒就通宵长叫短呼。
哪家要是被它瞅中，
灾难将难以免除。

说什么乌鸦叫有赦罪的喜讯，
妇人家真是又痴又糊涂。
害人原是它的本性，
哪里肯来报喜送福。
路上的行人指着它叹息，
连小孩也争着骂它可恶。
将鹦鹉献给皇上，
因它能言会道，本来奇异。
将翡翠送往太府，
因它毛色斑斓，可作器服装饰。
雉鸡有美丽的花纹，
用来馈赠朋友合情合理。
鹰鹯驱逐了恶鸟，
才能够施展天威。
关雎鸟情专意切，
纯洁可比周王的后妃。
哪像乌鸦这般贪婪，
饱食终日却毫无补益。
一条优点也不具备，
丑名声倒是天天飞驰。
只知道选择美好的位置，
把窝儿修得高大华丽。

乌鸦啊，众怒你不可忽略，
侥幸会招来愤恨百倍。
哪知道就没有刀斧，
使你巢穴毁弃，皮毛分离。
劝你不要引来蛀虫，
吃空了树心咬断了根。
你又有爱斗的恶习，
勾结枭鸱逞凶横。
更不要喜欢顺从奉承，
谨防窟穴中狐狸更凶狠。
凡是招来大灾大难，
很少不是由小事酿成。
假如你还不懂得退避，
这些规劝足以自诫自警。
可惜啊，种树人一片美意，
到头来却总是事与愿违。
古来万事也都如此，
壮士空有叹息伤悲。

舞　鹤

这首小诗所描写的鹤，古人说它是仙鸟，能够随着音乐的节奏起舞，飞则一举千里。然而这时它却失去了远飞的自由，在溪水边垂着羽翼。它闻琴起舞，舞后长鸣，志向仍在天外。这是一首咏物托志的诗，作者借鹤抒发了自己不能归"蓬瀛"，但仍未失"天外心"的情思。

蓬瀛归未得①，偃翼清溪阴。
忽闻瑶琴奏②，遂舞玉山岑③。

---

① 蓬瀛（yíng 迎）：即蓬莱、瀛洲，传说是海中的仙山。② 瑶琴：有玉饰的琴。 ③ 玉山：即指山，"玉"是形容山美好。岑：岩畔。

舞罢复嘹唳①，谁知天外心？

【翻译】

蓬莱瀛洲不能归去，

清溪岸边垂翅缓行。

忽听到奏起了美妙的瑶琴，

山岩旁只见它舞姿轻盈。

舞后又发出凄清的鸣叫，

谁能理解它高飞天外的雄心？

① 嘹唳（lì 利）：响亮凄清的鸣叫声。

追　租

曾巩继承了我国古代进步作家尤其是杜甫以来关心国计民生，反映人民痛苦生活的文学传统，在许多诗文中抨击了官吏的贪暴，描写了农民所受剥削的沉重，《追租》便是有代表性的一篇。由于严重干旱，饥饿的农民乞求催租的官吏停催，或者减免一点，然而得到的却是"鞭捶"，是"斯须死笞缚"。这对于统治者宣称的"法令修明"，真是绝好的讽刺。在宋代，流离失所的灾民爆发了无数次农民起义，所以作者忧虑他们又会"挺犁镬"而起。这当然是站在统治阶级立场思考问题，但客观上也深刻反映了当时尖锐的阶级矛盾。这首诗语言朴素，作者时有议论,表现了宋诗的特点。

耕耨筋力苦①,收刈田野乐②。乡邻约来往,樽酒追酬酢③。生涯给俯仰,公敛忘厚薄。胡为此岁暮,老少颜色恶?国用有缓急,时议废量度。内外奔气势,上下穷割剥。今岁九夏旱④,赤日万里灼。陂湖蹙埃壒⑤,禾黍死硗确⑥。众期必见省,理在非可略。谓须倒廪赈,讵止追租阁⑦。吾人已迫切,此望岂迂邈。奈何呻吟诉,卒受鞭捶却。宁论救憔悴,反与争合龠⑧。问胡应驱迫,久已罹匮涸。计须卖强壮,势不存尪弱⑨。去岁已如此,愁呼遍郊郭。饥羸求分寸,斯须死笞缚。法令尚修明,此理可惊愕。公卿饱天禄⑩,耳目知民瘼。忍令疮痍内,每肆诛求虐。但忧值空虚,宁无挺犁镢⑪?暴吏理宜除,浮费义可削。吾卧避嚣喧,兹言偶斟酌。试起望遗村,霾气振墟落。

---

① 耨(nòu):除草的农具,这里指除草。 ② 刈(yì 义):割。 ③ 酬酢(zuò 作):宾主互相敬酒。 ④ 九夏:夏季九十天,即指整个夏季。 ⑤ 陂(bēi 卑):池塘。蹙(cù 促):皱裂干缩。壒(ài 艾):尘埃。 ⑥ 硗(qiāo 敲)确:土地瘠薄。 ⑦ 阁:同"搁",停止。 ⑧ 合(hě)龠(yuè 月):都是古量名。《汉书·律历志上》说:"合龠为合,十合为升。"这里泛指量极少。 ⑨ 尪(wāng 汪)弱:瘦小虚弱。 ⑩ 天禄:官府的俸禄。 ⑪ 镢(jué 决):大锄。

【翻译】

虽说耕种受尽了千辛万苦，
收割季节，田野里总是一片欢乐。
乡亲们邀邀约约，你来我往，
宾主举杯尽情地喝。
不再为生活发愁，
管它官府的租税是少是多。
为什么今年眼看已到了尽头，
老老少少脸上却愁云堆垛？
因为国家的费用短缺，
官府议税就没个斟酌。
追租人气势汹汹，
只管向百姓巧取豪夺。
今年整个夏天没有雨粒儿一颗，
火红的太阳将大地烤灼。
干裂的塘堰飞起尘土，
瘠薄的土地哪还有青苗存活。
都认为这情形上面必定知晓，
这样的灾情按理是不可忽略。
都说今年靠得上官仓救济，
哪里仅仅是将租税免脱。
百姓已紧迫到揭不开锅盖，

这点儿希望不算太大太多。
为什么农民哭诉灾情，
得到的却是鞭打棒喝？
还谈什么救荒济贫，
反与灾民争升争合。
问你怎样应付官府的逼迫？
农民早穷得像断流的小河。
没法儿只得出卖强壮的儿男，
看样子老人小孩不要想活。
去年已经是这样熬过，
城里城外愁呼苦叹的真多。
饥饿穷困，请求减租一升半斗，
打吊捆绑，转眼间见了阎罗。
不是讲法令崇尚严整清明，
此情此理，实在叫人惊愕。
公卿大夫们饱食俸禄，
应当深知民间疾苦。
怎忍心在饥荒的岁月，
还去滥行搜刮，逼税追租。
真担心碰上这困乏无备的时候，
难道不会有人举起反抗的大锄？
残暴的官吏啊，真该罢免，

多余的开销啊，真该削除。
躲在家，避开人世的喧嚷纷扰，
这些话，偶尔又引起我的思索。
走出门遥望那荒芜的村庄，
只觉得阴风惨气充满着每个角落。

麻姑山送南城尉罗君

这首诗,作者描写南城县(今属江西)的麻姑山,并用来为去南城作县尉(官名)的罗君(名不详)送行。诗的前十六句着力描写上山沿途的壮丽景色;“却视”八句描写回头下望的异景奇观;“丈夫”以下十四句劝罗君不要以“远补”为意,鼓励他在公务之余,不妨纵观此邦山水以“遗纷繁”;最后两句以思乡作结,因南城距作者故乡南丰不远,所以在送人时不免勾起自己的思乡之情。全诗脉络清楚,结构严谨,景物描写有声有色,写景、议论、抒情有机结合,句式参差,活泼跳荡,在曾巩的七言古诗中算是较好的一篇。

麻姑之路摩青天，苍苔白石松风寒。峭壁直上无攀援，悬磴十步九屈盘①。上有锦绣百顷之平田，山中遗人耕紫烟。又有白玉万仞之飞泉，喷岩直泻蛟龙渊。丰堂广殿何言言②，阶脚插入斗牛间③。樛枝古木不记年④，空槎枵然卧道边⑤。幽花自婵娟⑥，林深为谁妍？但见尘消境静翔白鹤，吟清猿，雏禽乳鹿往往嗥荒颠。却视来径如缘絙⑦，千重万叠穷岩峦。下有荆吴粟粒之群山⑧，又有瓯闽一发之平川⑨。奕棋纵横远近布城郭，鱼鳞参差高下分冈原。千奇万异可意得，墨笔尽秃谁能传？丈夫舒卷要宏达⑩，世路俯仰多拘牵。偶来到此醒心目，便欲洗耳辞嚣喧⑪。罗夫子，一日远补东南官⑫，爱此层岩峻壑之秀发，开轩把酒可纵观。喜此披霄

---

① 磴(dèng 瞪)：石台阶。 ② 言言：高大的样子。 ③ 斗牛：二十八宿中的斗宿和牛宿，这里泛指星斗，形容极高。 ④ 樛(jiū 纠)：树木向下弯曲。 ⑤ 槎(chá 查)：横断的树木。枵(xiāo 消)：空虚。 ⑥ 婵娟：姿态美好。 ⑦ 絙(gēng 耕)：大绳。 ⑧ 荆吴：见《冬望》诗注。 ⑨ 瓯(ōu 欧)闽(mǐn 敏)：今福建一带。 ⑩ 舒卷：展开和卷起，比喻人能屈能伸。 ⑪ 洗耳：比喻不愿听，不愿问世事。传说尧想让许由作九州长，许由认为这话侮辱了自己，就到颍水边洗耳。 ⑫ 东南官：指南城县尉。大约作者和罗君这时都在京师开封，故称到南城为“远补”，为“东南”。

插汉之敻起①，出门举足得往还。罗夫子，一尉龙蛇方屈蟠②。此邦人人衣食足，阖境年年枹鼓闲③。几案剸裁得休暇④，山水登蹑遗纷烦⑤。我行送之思故园，引领南望心长悬⑥。

【翻译】

麻姑山路一直伸向蓝天，

青苔白石松风生寒。

悬崖陡壁，沿途无物可攀援，

石磴悬空，十步要转九个弯。

山上有美如锦绣的百顷平田，

远离世俗的山民在云雾中扶犁挥鞭。

还有宛如白玉的万丈飞泉，

直泻入蛟龙出没的深潭。

深广的殿堂何等巍峨高大，

殿前的石阶插入星斗之间。

---

① 敻(xiòng 雄去声)：远。 ② 蟠(pán 盘)：屈曲。古人以龙和蛇的盘曲比喻人的暂时隐伏，意指还将大有作为。 ③ 阖(hé 合)：全。枹(fú 孚)：击鼓杖。古代作战时击鼓助威，因以枹鼓代指战争。 ④ 几案：桌子，这里代指放在桌上的文书案卷。剸(tuán 团)：截割，这里指断决、处理。 ⑤ 蹑(niè 聂)：登。 ⑥ 引领：伸颈远望。

枝柯蟠曲的古树不知有多少年，
烂空了的树干斜卧在路边。
幽雅的花儿开得那么美丽，
深林里，你如此娇妍给谁看？
在这清新静谧的境界里，
只见飞舞的白鹤长鸣的群猿，
雏禽乳鹿在荒山顶上互相呼唤。
回头下看，来路像绳索蜿蜒，
千重万叠盘绕到高岭之巅。
远望是荆吴米粒似的群山，
瓯闽平原像发丝儿嵌在天边。
远近城市如棋子纵横点点，
高冈平川像鱼鳞错落可辨。
千奇万异只可心领神会，
写秃笔头，谁能表达这壮丽景观？
大丈夫处世，能屈能伸要达观，
世事俯仰随人，束缚太多太严。
偶到此处顿觉心明眼亮，
真想告别尘世的喧嚣，永住山间。
罗夫子，你既有机会到那儿做官，
只要热爱高岩深壑的秀丽，
打开大门，就可举杯纵观。

假如喜欢耸入云霄的挺拔，
抬脚出门，就可随意留连。
罗夫子，做县尉正像龙蛇暂屈蟠。
定使全县人人衣食足，
年年不闻战鼓得平安。
当你办完公事有闲暇，
登临山水就能忘掉人世的纷烦。
送君到此却勾起乡思无限，
引颈南望心儿长相挂牵。

明 妃 曲

明妃，即王昭君（晋代避司马昭讳，改称明君），原是汉元帝宫女，后来匈奴单于呼韩邪来朝，元帝将她嫁给呼韩邪为妻。历代文人以诗歌咏明妃的很多，词常凄苦，大都对她表示同情。宋仁宗嘉祐四年（1059），王安石作《明妃曲》二首，一时欧阳修、司马光等都有和篇，曾巩也作《明妃曲二首》相和，这里选的是其中第二首。诗中歌颂了明妃的美丽和倔强性格，着重写她用胡琴（指琵琶）传恨，因此流传至今；而以富贵相夸的“长安美人”，却早如烟雾消散。所以作者对明妃既有同情，更有赞美，而对帝王家的“富贵”则表示鄙薄。

蛾眉绝世不可寻①，能使花羞在上林②。
自信无由污白玉，向人不肯用黄金③。
一辞椒屋风尘远④，去托毡庐沙碛深⑤。
汉姬尚自有妒色⑥，胡女岂能无忌心？
直欲论情通汉地，独能将恨寄胡琴⑦。
但取当时能托意，不论何代有知音。
长安美人夸富贵⑧，未央宫殿竞光阴⑨。

---

① 蛾眉：比喻女子长而美的眉毛，像蚕蛾弯曲细长的触须，进而喻指姿色美好的女子。 ② 上林：园林名，在今陕西长安、周至、户县界，汉武帝在秦代旧苑的基础上扩建而成。周围三百里，种植有许多奇花异草。 ③“向人”句：据《西京杂记》卷上记载，汉元帝因后宫人多，于是令画工给宫女画像，按图召幸，因而很多宫女都用钱贿赂画工，多的十万，少的五万。只有王昭君自恃貌美，不肯贿赂，于是画工便把她画得很丑。后来匈奴单于来求阏氏(相当于皇后)，元帝又按图选了王昭君，召见，昭君容貌为后宫第一，于是元帝杀掉画工。 ④ 椒屋：汉代皇后居住的宫殿，用椒和泥涂壁，以取温、香、多子。这里代指汉宫。 ⑤ 毡(zhān 沾)庐：用毛毡建的帐篷，古代北方游牧民族所居。沙碛(qì 气)：即沙漠。 ⑥ 姬(jī 基)：汉代宫中女官名，这里泛指汉宫中的女子。 ⑦ 胡琴：泛指外域传入的弦乐器，这里指琵琶。传说昭君出塞时作有琵琶曲。 ⑧ 长安：汉都城名，故城在今陕西西安市西北。 ⑨ 未央宫：西汉宫殿名，在长安城内西南角，周围二十八里，后毁于兵火。

岂知泯泯沉烟雾①，独有明妃传至今。

【翻译】

那举世无双的容色到哪里去找，
上林苑的奇花自愧不及她美貌。
她自信没有理由玷污白玉，
不愿用金钱向画工买好。
告别汉宫踏上风尘弥漫的道路，
到那沙漠深处的帐篷里托付终老。
汉宫姬妾早就对自己侧目，
匈奴女子又怎能不妒火中烧？
只想把心情告诉汉地的亲人，
琵琶曲子中寄寓了满腔怨恨。
只求将苦处道出一分两分，
不管它哪朝哪代才有知音。
长安美人尽可夸耀富贵荣华，
未央宫里将她们的青春打发。
哪知个个都像烟雾般消散，
唯独明妃出塞传为千古佳话。

① 泯泯：消失，灭绝。

戏 书

家贫，官冷，交游断绝，然而没有内忧外患，因此眠饭安稳，这是作者闲适的生活状况。家富，官高，宾客满堂，然而费尽心机，胆战心惊，头发最先斑白，这是有些人富贵后的悲剧。这里，诗人固然在鄙薄富贵，但又何尝不是对自己贫穷的自嘲？因此题作《戏书》。作者运用对照的手法，写尽了人情世态的险恶，诙谐中含有深刻的哲理。

家贫故不用筹算[①]，官冷又能无外忧。

---

① 筹：数码。

交游断绝正当尔，眠饭安稳余何求？

君不见、黄金满籯要心计①，大印如斗为身雠。

妻孥意气宾客附②，往往主人先白头。

【翻译】

家境贫寒，用不着统计财产，

官位清冷，不担心有人暗算。

朋友断绝往来，正是理所当然，

睡得香吃得饱，还有什么不满？

你没见有人黄金满筐还把机关算尽，

斗大的官印正是他自身的仇人。

妻儿骄横，宾客逢迎，

可怜主人啊，往往白发先上头顶。

① 籯（yíng 盈）：筐子一类的盛物竹器。要：通“徼”，求，用。 ② 孥（nú 奴）：儿女。

南湖行

南湖，就是镜湖。宋人讳“敬”字，因“镜”是同音字，所以改称鉴湖。宋神宗熙宁以后逐渐淤废为田，故址在今浙江绍兴市。熙宁二年(1069)，曾巩出京通判越州(治今绍兴)，到熙宁五年初离任知齐州，《南湖行》即作于这三年中的一个春天。原诗为二首，这里选的是第一首。诗中，作者描写年轻小伙子们春天在南湖中竞舟夺标的精彩场面，以及观众的欢乐情绪，全诗生动、明快，读后如临其境，堪称佳作。

二月南湖春雨多，春风荡漾吹湖波。著红少年里中出①，百金市上裁轻罗。插花步步行看影，手中掉旅唱吴歌②。放船纵棹鼓声促③，蛟龙擘水争驰逐④。倏亲忽远谁可追？朝在西城暮南溪。夺标得隽唯恐迟⑤，雷轰电击使人迷。红帘彩舫观者多，美人坐上扬双蛾⑥。断瓶取酒饮如水，盘中白笋兼青螺。生长江湖乐卑湿，不信中州天气和⑦。

【翻译】

二月的南湖春雨真多，
春风荡起了千顷碧波。
红衣少年从村中走出，
花大钱到市上裁剪绫罗。
头上插花，边走边看身影，
手中传杯，齐声唱起吴歌。
快划起船桨，敲起密密的鼓点，
像蛟龙出水，波涛里你追我赶。

---

① 著(zhuó 茁)：穿。 ② 掉旅：传着杯子轮流喝酒。吴歌：当地的民歌。绍兴古代曾属吴国，故称。 ③ 棹(zhào 照)：船桨。 ④ 擘(bò 簸)：剖开。 ⑤ 标：代表优胜的标志。隽(jùn 俊)：通“俊”，出众，突出。 ⑥ 双蛾：即双眉。“蛾”指蛾眉，见《明妃曲》注。 ⑦ 中州：中原，泛指以今河南为中心的黄河中游地区。

忽近忽远谁能追上？
早晨在西城，傍晚已到南溪畔。
夺标争优胜，生怕比他人迟缓，
像迅雷闪电，看得人眼花缭乱。
红帘子的彩船上观者成堆，
俏姑娘座位上高挑起双眉。
开瓶倒酒喝它百杯千杯，
盘中有白笋青螺正好一醉。
江湖边长大就喜欢水，
不相信中原的天气比这更美。

汉阳泊舟

这是作者乘船途经汉阳(今武汉三镇之一),靠岸稍事停留时作的一首纪行诗。诗中描写浩瀚东流的长江及空中的孤雁、寒云,颇为生动,同时抒发了旅途的感受。

暂泊汉阳岸,不登黄鹤楼①。
江含峨岷气②,万里正东流。
惊风孤雁起,蔽日寒云浮。

---

① 黄鹤楼:在今湖北武汉市蛇山的黄鹄矶,前临长江。历代屡毁屡建,近年又已重建。 ② 峨岷:峨眉山、岷山,在今四川西部。古人认为长江发源于岷山。

祗役虽远道①，放怀成薄游②。
兴随沧洲发③，事等渔樵幽。
烟波一尊酒，尽室载扁舟。

【翻译】

把船儿暂停在汉阳岸边，
没时间到黄鹤楼上赏玩。
江水含着峨山岷山的寒气，
滔滔万里正奔向东边。
一阵风惊起了孤雁，
蔽日的寒云浮满长天。
奉命从役道路虽远，
不妨开怀作短时的游览。
游兴被江滨的景色激发，
我仿佛也像渔父樵夫那样幽闲。
望着浩淼的烟波把酒杯斟满，
小船儿载着全家继续向前。

① 祗役：恭敬从役，指赴任。 ② 薄游：暂时的游览。③ 沧洲：临水的地方。

促促为物役

这首诗表达了作者晚年厌倦仕宦，向往自由生活的感情。

促促为物役①，区区迫世情②。
但嗟束缚急，未觉章绶荣③。
奈此两鬓白，顾无一廛耕④。
所求亦云几？脱粟与藜羹⑤。

---

① 促促：匆忙的样子。物：身外之物。 ② 区区：小心谨慎的样子。 ③ 章绶：代指官服。章即章服，以各种纹饰标示等级的礼服；绶是系官印的丝带，也用不同颜色标示等级。 ④ 廛(chán 缠)：一家所居的房地。这里泛指一块土地。 ⑤ 脱粟：糙米，泛指粗粮。藜羹：野菜汤，泛指菜食。

【翻译】

忙忙碌碌地为世事奔波驱驰，
小心翼翼地看他人脸色行事。
只感叹束缚太紧难以喘气，
没感到这官服荣耀在哪里。
奈何如今已是两鬓斑白，
归农眼看还没有一块土地。
我所希求的能有多少？
粗粮蔬食就已经满意。

楚　泽

这首诗选自组诗《安州十首》，原为第二首。楚指今湖北江汉流域一带，古代属楚国；泽即湖泊，古人说楚地有七泽，最著名的有云梦泽。作者在诗中描写了楚地旱气连年，广大农村荒凉残破、人烟稀少的惨淡景象，感慨自己虽有救民之策而无人采纳，愤慨执政者无忧民之心，使我们看到了北宋中期农村的真实面貌和统治集团的无能。当然，作者称走投无路而奋起反抗的农民为“盗贼”，又吹捧皇帝独能“忧民”，则是他的局限和偏见。

楚泽荒凉白雾根，盈虚无处问乾坤①。
虫虫旱气连年有②，寂寂遗人几户存？
盗贼恐多从此始，经纶空健与谁论③？
诸公日议云台上④，忍使忧民独至尊。

【翻译】

楚地荒凉的湖泊里白雾升腾，
没地方问天地水涨水落的原因。
热腾腾的旱气连年不断，
冷清清的大地还剩下几户百姓？
盗贼恐怕多从这灾荒的泽地奋起，
纵然有治国的良策又讲给谁听？
公卿大臣天天在朝廷空发高论，
怎忍心让皇上独自忧国忧民？

① 盈虚：指泽中水满与干涸。乾坤：天地。 ② 虫虫：热气蒸腾的样子。 ③ 经纶：治理国家的筹谋。健：善，美。 ④ 云台：东汉洛阳宫中的高台名，这里代指朝廷。

晚　望

这首诗也选自《安州十首》，原为第九首。历史上楚国的兴亡，可与日月争辉的屈原辞赋，楚地壮丽的山河，勾起了晚望中的诗人多少怀古的幽情。诗末，作者独自凭栏，胸中涌起了无限“闲愁”。他是在为昔日楚国的命运发愁么？他是在为屈原的遭遇发愁么？或者是为宋朝的内忧外患发愁？可能都是，也可能都不是。作者说是“此心知”，留给读者的，是广阔的想象空间。

蛮荆人事几推移①，旧国兴亡欲问谁？
郑袖风流今已尽②，屈原辞赋世空悲③。
深山大泽成千古，暮雨朝云又一时④。
落日西楼凭槛久⑤，闲愁唯有此心知。

【翻译】

楚国经历了多少世代、多少变故，
它兴亡的原因谁能说得清楚？
风流的郑袖如今早成了泥土，
令人伤悲的，只有屈原辞赋。
深山大泽是历史的见证，

① 蛮荆：指古代楚国，楚又称荆。主要包括今湖南、湖北等长江中游地区。古为"蛮"人之地，故称"蛮荆"。 ② 郑袖：楚怀王后，善歌舞，为怀王所宠。秦派张仪到楚游说，离间楚与齐的友好关系。怀王本想杀张仪，郑袖日夜说怀王，因而释放了张仪，与齐绝交。后来秦攻楚，楚孤立无援，终至灭亡。详见《史记·张仪传》。 ③ 屈原（约前 340—前 278），楚怀王时任左徒、三闾大夫，由于主张联齐抗秦，为人诬陷，被放逐，作《离骚》。顷襄王时再被放逐，见楚国政治腐败，无力挽救，于是投汨罗江而死。所作辞赋二十五篇，表现了强烈的爱国主义思想。详见《史记·屈原传》。 ④ 暮雨朝云：传说楚怀王曾游高唐，梦见一个女子自称住在巫山之阳，"旦为行云，暮为行雨"。见宋玉《高唐赋》。 ⑤ 槛（jiàn 建）：栏杆。

虽还有暮雨朝云，却不见高唐神女。
黄昏时我久傍着西楼的栏杆，
只有自己明白，为什么勾起了这么多愁绪。

冬夜即事

宋神宗熙宁五年(1072)初,曾巩由通判越州改知齐州军州事(治历城,今山东济南),第二年夏秋又徙知襄州。本诗当作于熙宁五年冬,作者五十四岁。诗中,诗人深为自己治理州政取得了一些成绩,人民安居乐业、丰收在望而自慰自喜,表现了曾巩致力政事,关心人民生活的思想。在写作上,作者注意熔铸俗语谣谚,增加了作品的生动性。

印奁封罢阁铃闲①，喜有秋毫免素餐②。
市粟易求仓廪实，邑龙无警里闾安③。
香清一榻氍毹暖④，月淡千门雾凇寒⑤。
闻说丰年从此始，更回笼烛卷帘看。

【翻译】

办完公事封好印，可以偷一会闲散，
幸喜有点政绩，免得白吃饭。
市上粮食好买，仓库都已装满，
城中没狗声报警，乡里也还平安。
床榻上毛毯清香又温暖，
千家浴着淡月，树上冰花儿透寒。
听说这冰花预示着又一个丰年，
再提过灯笼卷起帘子仔细观看。

---

① 印奁（lián 连）：装官印的匣子。阁铃：古代将帅或州郡长官办事的地方称“铃阁”，有“铃下”（役卒）服役，有警则摇铃呼叫，所以叫“铃阁”。“阁铃”在这里指公务。 ② 秋毫：这里自谦功劳很小。素餐：白吃饭。 ③ 邑龙（máng 忙）：城中的狗。龙是一种多毛的狗。里闾（lǘ 驴）：乡里，泛指农村。 ④ 氍（qú 瞿）毹（yú 俞）：毛织的毯子。 ⑤ 雾（méng 蒙）凇（sōng 松）：冬天雾气结成的冰花。作者自注说：“齐地寒甚，夜气如雾，凝于木上，旦起视之如雪，日出飘满阶庭，尤为可爱，齐人谓之雾凇。谚曰：‘雾凇重雾凇，穷汉置饭瓮。’以为丰年之兆。”

甘露寺多景楼

这首诗描写作者登甘露寺多景楼时的所见所闻和感受。甘露寺在今江苏镇江北固山上，多景楼在甘露寺内，以景色绝佳著名，宋代许多诗人都曾登临。诗中，作者用色彩斑斓的画笔，描绘了一幅云光水色、钟呗帆风的秀丽图画。最后以羡慕鸿雁作结，表达了诗人叹老思归的感情。

欲收嘉景此楼中，徙倚栏干四望通①。
云乱水光浮紫翠，天含山气入青红。

① 徙倚：留连，徘徊。

一川钟呗淮南月①，万里帆樯海外风。
老去衣衿尘土在②，只将心目羡冥鸿。

【翻译】

想观赏美景来到这多景楼中，
栏杆边徘徊，极目长空。
波光摇乱云影浮着紫色翠色，
满含山气的天空染得时青时红。
一川钟声佛唱融入淮南月色，
万里船帆桅樯乘着海外清风。
年老了衣服上仍旧风尘扑扑，
心里真羡慕那暮色中的飞鸿。

---

① 钟呗(bài 拜)：钟是佛教寺庙敲击以招集徒众的用具。呗，又称梵呗，佛家做法事时的赞叹歌咏之声。 ② 衿(jīn 今)：衣襟。

上　元

上元是我国古代盛行于民间的传统节日。农历正月十五日为上元节，十五日夜称元夜、元宵，有观灯之俗。这首诗就是写元夜观灯的。诗中描写了元夜年轻人的欢乐，灯的华美，以及作者追忆往昔的暮年心肠。

金鞍驰骋属儿曹①，夜半喧阗意气豪②。
明月满街流水远，华灯入望众星高。
风吹玉漏穿花急③，人近朱栏送目劳。

---

① 儿曹：儿辈，这里泛指年轻人。 ② 喧阗（tián 田）：哄闹声。 ③ 玉漏：玉制计时器，代指报时声。

自笑低心逐年少，只寻前事捻霜毛①。

【翻译】

年轻人骑着马来回奔跑，

半夜里仍满怀豪情嚷嚷闹闹。

明月洒满大街像江水悠悠流淌，

眼前华灯万盏如天上群星高照。

风穿花丛只听漏声点点相催，

红栏杆边看得人眼睛疲劳。

好笑我降低心态跟着年轻人玩乐，

捻着白胡须想把往日的景象寻找。

① 捻(niǎn 碾)：用手指搓动。

城南

《城南》原有二首，这里选的是第一首。诗人在这首绝句里，描写了生机勃勃的晚春景色。

雨过横塘水满堤[1]，乱山高下路东西。
一番桃李花开尽，惟有青青草色齐。

【翻译】

大雨过后池塘的水满了，

① 横塘：池塘。古代地名叫"横塘"的很多，后来便泛指塘堰。

乱山下岔路各奔东西。
桃李争艳花开花落，
只剩下青青野草遍地。

西　楼

海浪、北风、雷声、急雨，在一首短短的绝句中，诗人谱写了一曲大自然气势磅礴的交响乐，而作者在西楼挂帘卧看、悠然自得的形象，也更加栩栩如生。

海浪如云去却回，北风吹起数声雷。
朱楼四面钩疏箔①，卧看千山急雨来。

【翻译】

云团般的海浪忽去忽回，

---

① 疏箔（bó 泊）：窗帘。疏是窗户。

北风吹过响起几声滚雷。
把红楼四面的窗帘儿挂起，
躺在床上，观看群山暴雨铺天来。

文

越州鉴湖图序

越州（今浙江绍兴）鉴湖，原名镜湖（参见《南湖行》诗题解），又叫南湖、长湖，是始建于东汉的重要水利工程。宋神宗熙宁二年（1069）曾巩通判越州时，对鉴湖的不断淤废十分关心，于是查访到有关鉴湖的地图和书籍，经过实地考核和认真研究，重新绘制了鉴湖图，编纂了记载鉴湖情况的书，本文便是为所绘鉴湖图作的序。在序中，作者记述了鉴湖的各种水利设施和对当地农业生产所发挥的巨大作用，列举了当时各家对禁止侵湖为田的各种建议，分析了禁而不止、湖日益淤废的原因是官吏苟且因循、有法不依所造成，驳斥了为侵耕和官吏苟简辨解的错误论调，提出了收采众说、择善而从，做到“言必行、法必举”，从而复田为湖，挽救鉴湖，以保证发展农业生产的长远利益的正确主张。非常可惜的是，当时包括作者在内的许多有识之士的正确意见，并未引起统治集团的重视，而鉴湖这一具有千年历史的著名水利工程，熙宁后竟至于因人为的原因逐渐消失。这是一个惨痛的历史教训，很值得后人深思。

鉴湖，一曰南湖，南并山①，北属州城漕渠②，东西距江③，汉顺帝永和五年④，会稽太守马臻之所为也⑤，至今九百七十有五年矣。其周三百五十有八里，凡水之出于东南者皆委之。州之东，自城至于东江，其北堤石挞二⑥，阴沟十有九⑦，通民田，田之南属漕渠，北东西属江者皆溉之。州之东六十里，自东城至于东江，其南堤阴

---

① 并(bàng)：通“傍”，挨着。 ② 漕渠：运输粮食、货物的水道。 ③ 东西距江：即下文所说东江、西江，分别在当时越州的东、西两方。 ④ 汉顺帝永和五年：即公元140年。⑤ 会(kuài 快)稽：县名，今浙江绍兴。马臻：汉顺帝永和间曾任会稽太守，其他事迹不详。 ⑥ 石挞(tà踏)：石制泄水设施。 ⑦ 阴沟：沟渠上填土的叫阴沟，即地下水道。

沟十有四，通民田，田之北抵漕渠，南并山，西并堤，东属江者皆溉之。州之西三十里，曰柯山斗门[①]。通民田，田之东并城，南并堤，北滨漕渠，西属江者皆溉之。总之，溉山阴[②]、会稽两县十四乡之田九千顷。非湖能溉田九千顷而已，盖田之至江者尽于九千顷也。其东曰曹娥斗门，曰蒿口斗门，水之循南堤而东者，由之以入于东江。其西曰广陵斗门，曰新迳斗门，水之循北堤而西者，由之以入于西江。其北曰朱储斗门，去湖最远。盖因三江之上[③]、两山之间，疏为二门，而以时视田中之水，小溢则纵其一，大溢则尽纵之，使入于三江之口。所谓湖高于田丈余，田又高海丈余，水少则泄湖溉田，水多则泄田中水入海，故无荒废之田，水旱之岁者也。繇汉以来几千载[④]，其利未尝废也。

宋兴，民始有盗湖为田者，祥符之间二十七户[⑤]，庆历之间二户[⑥]，为田四顷。当是时，三司转运司犹下书切

---

① 斗门：泄水的闸门。柯山斗门及下文“曹娥斗门”等，都是闸门名称。 ② 山阴：县名，近代并入绍兴。 ③ 三江：指曹娥江、钱清江、浙江。 ④ 几(jī机)：将近。 ⑤ 祥符：“大中祥符”的省称。大中祥符，宋真宗年号(1008—1016)。 ⑥ 庆历：宋仁宗年号(1041—1048)。

责州县①,使复田为湖。然自此吏益慢法,而奸民浸起,至于治平之间②,盗湖为田者凡八千余户,为田七百余顷,而湖废几尽矣。其仅存者,东为漕渠,自州至于东城六十里,南通若耶溪③;自樵风泾至于桐坞④,十里皆水,广不能十余丈,每岁少雨,田未病而湖盖已先涸矣⑤。

自此以来,人争为计说。蒋堂则谓宜有罚以禁侵耕⑥,有赏以开告者。杜杞则谓盗湖为田者⑦,利在纵湖水,一雨则放声以动州县,而斗门辄发。故为之立石则水⑧,一在五云桥,水深八尺有五寸,会稽主之;一在跨湖桥,水深四尺有五寸,山阴主之。而斗门之钥,使皆纳于州,水溢则遣官视则,而谨其闭纵。又以谓宜益理堤防计,其敢田者拔其苗,责其力以复湖,而重其罚。犹以为

---

① 三司:官署名,北宋最高财政机构。转运司:宋代设置转运使,掌一路财赋及监察各州官吏等,转运使的官署称转运司。 ② 治平:宋英宗年号(1064—1067)。 ③ 若耶溪:河名,在今绍兴南若耶山下。 ④ 樵风泾(jīng 经)、桐坞:都是地名,樵风泾在今绍兴东南。 ⑤ 涸(hé 河):水干枯。 ⑥ 蒋堂(980—1054):字希鲁,号遂翁,常州宜兴(今属江苏)人,曾于宋仁宗景祐二年(1036)知越州。 ⑦ 杜杞(1005—1056):字伟长,常州无锡(今属江苏)人,曾知横、解、庆等州。 ⑧ 立石则水:竖立石条,刻度标示水位,以决定是否放水。则:法则、标准,在这里作动词用。下文所说"石则",也是指此种石刻的水位标志。

末也，又以谓宜加两县之长以提举之名[1]，课其督察而为之殿最[2]。吴奎则谓每岁农隙[3]，当僦入濬湖[4]，积其泥涂以为丘阜，使县主役，而州与转运使、提点刑狱督摄赏罚之[5]。张次山则谓湖废[6]，仅有存者难卒复，宜益广漕路及他便利处，使可漕及注民田里，置石柱以识之[7]，柱之内禁敢田者。刁约则谓宜斥湖三之一与民为田[8]，而益堤使高一丈，则湖可不开，而其利自复。范师道、施元长则谓重侵耕之禁[9]，犹不能使民无犯，而斥湖与民，则侵者孰御？又以湖水较之，高于城中之水，或三尺有六寸，或二尺有六寸，而益堤壅水使高[10]，则水之败城廓庐舍可必也。张伯玉则谓日役五千人濬湖[11]，使至五尺，当

① 提举：主管专门事务的官名。 ② 殿最：考核政绩时，上等叫“最”，下等叫“殿”。 ③ 吴奎（1010—1067），字长文，潍州北海（今山东潍坊）人，曾为两浙转运使，神宗初为参知政事。 ④ 僦（jiù 就）：雇用。濬（jùn 俊）：疏通水道。 ⑤ 提点刑狱：设于各路主管刑法的官名。 ⑥ 张次山：字希元，建邺（今江苏南京）人，神宗熙宁中，曾在会稽作签书判官厅公事的官（管判案）。 ⑦ 识（zhì 志）：通“志”，标示。 ⑧ 刁约：字景纯，丹徒（今江苏镇江）人，曾官两浙转运使，又曾知越州。 ⑨ 范师道：字贯之，吴县（今属江苏）人，曾官两浙转运使。施元长：宣城（今属安徽）人，曾官两浙提点刑狱。 ⑩ 壅（yōng 雍）：堵塞。壅水指蓄水。 ⑪ 张伯玉：字公达，建安（今福建福州）人，仁宗嘉祐八年（1063）知越州。

十五岁毕；至三尺，当九岁毕。然恐工起之日，浮议外摇，役夫内溃，则虽有智者，犹不能必其成。若日役五千人，益堤使高八尺，当一岁毕。其竹木之费，凡九十二万有三千，计越之户二十万有六千，赋之而复其租，其势易足，如此，则利可坐收，而人不烦弊。陈宗言、赵诚复以水势高下难之①，又以谓宜从吴奎之议，以岁月复湖。当是时，都水善其言②，又以谓宜增赏罚之令。

其为说如此，可谓博矣。朝廷未尝不听用而著于法，故罚有自钱三百至于千，又至于五万；刑有自杖百至于徒二年，其文可谓密矣。然而田者不止而日愈多，湖不加濬而日愈废，其故何哉？法令不行，而苟且之俗胜也。

昔谢灵运从宋文帝求会稽回踵湖为田，太守孟颛不听，又求岯崲湖为田，颛又不听，灵运至以语诋之③。则

---

① 陈宗言：人名，事迹不详。赵诚：曾官屯田员外郎（见胡宿《文恭集》卷一五）。又，“诚”字或作“诫”，赵诫曾官太常少卿、知明州（见《续资治通鉴长编》卷二四一）。 ② 都水：即都水监，掌握全国水利事务的官署。 ③ 谢灵运（385—433）：陈郡阳夏（今河南太康）人，移籍会稽，南朝宋的著名诗人。他请湖为田的事，见《宋书》卷六七《谢灵运传》。宋文帝：即刘义隆，武帝刘裕子。回踵湖：在今绍兴附近。岯（pī 丕）崲（huáng 皇）湖：在今浙江上虞市。“岯”原作“休”，误，据《宋书·谢灵运传》改。

利于请湖为田，越之风俗旧矣。然南湖繇汉历吴、晋以来①，接于唐，又接于钱镠父子之有此州②，其利未尝废者，彼或以区区之地当天下，或以数州为镇，或以一国自王，内有供养禄廪之须，外有贡输问遗之奉③，非得晏然而已也。故强水土之政以力本利农，亦皆有数，而钱镠之法最详，至今尚多传于人者。则其利之不废，有以也。

近世则不然，天下为一，而安于承平之故，在位者重举事而乐因循。而请湖为田者，其语言气力往往足以动人。至于修水土之利，而又费材动众，从古所难。故郑国之役④，以谓足以疲秦，而西门豹之治邺渠⑤，人亦以为烦苦。其故如此，则吾之吏，孰肯任难当之怨，来易至之责，以待未然之功乎？故说虽博而未尝行，法虽密而未尝举，田者之所以日多，湖之所以日废，繇是而已。故以谓法令不行，而苟且之俗胜者，岂非然哉！

---

① 吴、晋：都是朝代名。吴指三国时吴国。 ② 钱镠（852—932）：字具美，临安（今浙江杭州）人，唐末拥兵两浙，封越王，又封吴王，后称吴越国王，为五代时十国之一。其子钱元瓘、钱弘佐、孙钱俶相继为吴越王。 ③ 遗（wèi 卫）：给予。④ 郑国之役：指战国时水工郑国（人名）在秦国主持修建的水渠工程，分泾水东流入洛河，使关中（今陕西中部一带）的四万余顷土地得到灌溉，古称郑国渠。 ⑤ 西门豹：战国时人，曾任邺（今河北临漳县）令，组织群众修渠分漳河水灌田，古称西门渠，又叫邺渠。

夫千岁之湖，废兴利害，较然易见。然自庆历以来三十余年，遭吏治之因循，至于既废，而世犹莫寤其所以然，况于事之隐微难得而考者，繇苟简之故而弛坏于冥冥之中，又可知其所以然乎？

今谓湖不必复者，曰湖田之入既饶矣，此游谈之士为利于侵耕者言之也。夫湖未尽废，则湖下之田旱，此方今之害，而众人之所睹也；使湖尽废，则湖之为田亦旱矣，此将来之害，而众人之所未睹也。故曰此游谈之士为利于侵耕者言之，而非实知利害者也。谓湖不必濬者，曰益堤壅水而已，此好辨之士为乐闻苟简者言之也。夫以地势较之，壅水使高，必败城郭，此议者之所已言也。以地势较之，濬湖使下，然后不失其旧；不失其旧，然后不失其宜，此议者之所未言也。又山阴之石则为四尺有五寸，会稽之石则几倍之，壅水使高，则会稽得尺，山阴得半，地之窪隆不并①，则益堤未为有补也。故曰此好辨之士为乐闻苟简者言之，而又非实知利害者也。

二者既不可用，而欲禁侵耕、开告者，则有赏罚之法矣；欲谨水之畜泄，则有闭纵之法矣；欲痛绝敢田者，则拔其苗，责其力以复湖，而重其罚，又有法矣；或欲任其责于州县与转运使、提典刑狱，或欲以每岁农隙濬湖，或

① 窪（wā 蛙）隆：低下与突起，指高低不平。

欲禁田石柱之内者，又皆有法矣。欲知濬湖之浅深，用工若干，为日几何；欲知增堤竹木之费几何，使之安出；欲知濬湖之泥涂积之何所，又已计之矣。欲知工起之日，或浮议外摇，役夫内溃，则不可以必其成，又已论之矣。诚能收众说而考其可否，用其可者，而以在我者润泽之，令言必行，法必举，则何功之不可成，何利之不可复哉？

巩初蒙恩通判此州，问湖之废兴于人，未有能言利害之实者。及到官，然后问图于两县，问书于州与河渠司①，至于参核之而图成，熟究之而书具，然后利害之实明，故为论次，庶夫计议者有考焉。

熙宁二年冬卧龙斋②。

【翻译】

鉴湖，又称南湖，南傍山，北接州城漕渠，东、西两面直到江，是汉顺帝永和五年，会稽太守马臻所开凿的，到现在已有九百七十五年了。鉴湖方圆三百五十八里，凡是越州东南部的水流都注入湖中。越州的东面，从州城到东江，湖的北堤有石揿两座，阴沟十九条，通向民田，

---

① 河渠司：管理水道的官署名。 ② 卧龙斋：当是作者的书斋名。

凡农田的南边靠着漕渠、北东西三面靠江的，都能得到灌溉。州城东面六十里，从东城到东江，湖的南堤有十四条阴沟，通向民田，凡农田的北面直达漕渠，南面靠山，西面傍堤，东边靠着山的，都能得到灌溉。州城西面三十里处，叫柯山斗门，也通向民田，凡农田的东边傍着州城，南边傍着堤，北边临近漕渠，西部靠着江的，也都能得到灌溉。总起来计算，湖灌溉山阴、会稽两县十四乡的农田九千顷。不是湖只能灌溉农田九千顷，是农田到东、西江只有九千顷。湖东有曹娥斗门、蒿口斗门，湖水顺着南堤向东流的，由这两座斗门而流入东江。湖西有广陵斗门、新迳斗门，湖水顺着北堤流向西的，由这两座斗门而流入西江。湖北有朱储斗门，离湖最远。是在三条江的上面、两座山的中间开凿成的，而在规定的时刻观察农田中的水势，农田水外溢得少时就打开一个门，外溢得多时就两个门一齐打开，让水流进三江汇合处。这就是前人所说的湖比农田高一丈多，田又比海高一丈多，水少时便放湖水灌田，水多时便放田里的水流入大海，所以既没有荒废的农田，也没有发生水旱灾害的年头。从汉以来近一千年，鉴湖带来的好处没有间断过。

宋朝建立后，百姓开始有私自围湖做农田的，大中祥符年间有二十七户，庆历年间有二户，造田四顷。在这时候，三司和转运司还发下文书严厉地责成州县，让将田恢复为湖。然而从这以后官吏越来越怠慢法令，而违法的百姓也渐渐地多起来，直到治平年间，私自围湖为田的共有八千多户，造田七百余顷，而鉴湖淤废得也快完了。湖面仅存的，东边为漕渠，从州城到东城六十里，南面通若耶溪；自樵风泾到桐坞，十里都是水，然而宽不过十多丈，每年雨水少时，田还没有出现旱象，湖就先已干涸了。

从那以来，人们争相献计献策。蒋堂说应有惩罚，以禁止占湖种田，同时设奖赏来鼓励揭发的人。杜杞则说占湖为田的人，其利益是在放湖水时，所以一下雨则喊放水的声音震动州县，而斗门也就打开了。所以专门为这树立起石碑刻上水位标志，一个在五云桥，水深八尺五寸，由会稽县管理；一个在跨湖桥，水深四尺五寸，由山阴县管理。而斗门的钥匙，让全部交到州里，水漫出时便派官察看标志，而严格掌握斗门的开关。杜杞又说应当更好地治理湖的堤防，那些敢于造田的农户，拔掉他们的秧苗，责成他们自己将田恢复成湖，同时进行重罚。这样还认为不够，又说应加两县的知县以提举之名，考核他们管理鉴湖的情况作为政绩的大小。吴奎则说每年农闲时，应当雇人开挖湖底，将挖出的淤泥堆积成小山，让县里主持这项工程，而州与转运使、提点刑狱监督协助并进行赏罚。张次山又说湖已淤废，仅有部分还保存着，难于完全恢复，应当扩大漕路以及实行其他方便人们的办法，使湖水可用于漕运和流向农田村庄，设置石柱来标明范围，石柱以内严禁敢于造田的人。刁约则说可以开拓湖的三分之一给百姓造田，而增高堤坝一丈，那么湖便可以不往外排水，而它的水利功能自然得以恢复。范师道、施元长又说即使严格侵湖种田的禁令，仍然不能使百姓不违犯，而弃湖给百姓，那么继续占湖的事又谁能防备？又以湖水验证这个说法，湖水高于州城的，有时三尺六寸，有时二尺六寸，还要加高堤坝来蓄水，那么水毁坏城市、房屋便势在必然。张伯玉则认为每天使用五千人开挖湖底，挖到五尺深，应是十五年完工；挖到三尺，应是九年完工。然而担心开工的时候，各种议论从外部动摇，服役的人从内部溃散，那么虽是有本事的人，仍然不能保证一定成功。如果每天使用五千人，加堤使其高八尺，应是一年便可完工。加堤所需竹子木头的费用，共九十二万三千贯，越州共计有二十万六千户，征收竹木费而免掉他们的租税，根据情形应该容易筹足这笔经费。如此办理，那么加堤的利益可以很容易地得到，而人民又不会感到负担繁重。陈宗言、赵诚再以水势的高低驳他，又认为应当采纳吴奎的建议，用一些年月来恢复鉴湖。这时候，都水监认为这意见好，又认为还应当增加赏罚的条令。

人们提出的建议有如上述，可以说是够广博的了。朝廷也不是没有采纳而写进法令，所以罚金有从三百贯到一千贯，又到五万贯；判刑有从打一百杖直到服劳役二年，条文也可说是够严格的了。然而占湖造田的并没有停止，而是愈来愈多，湖没有加以疏凿，而是愈来愈淤废，其原因是什么呢？有法令不执行，而得过且过的习气占了上风。

从前谢灵运向宋文帝请求会稽回踵湖用来造田，会稽太守孟顗不答应，又求岯崲湖造田，孟顗又不答应，灵运以至用言语诋毁孟顗。可见请湖造田为自己谋利，越地的这种风俗确实很久远了。然而南湖自汉代以来，经过吴、晋，下接唐朝，又下接钱镠父子拥有越州，湖的水利资源并没有被废弃，原因在于他们有的仅以小小的地域抵挡天下，有的是以几个州作为藩镇，有的则在这一带建国称王，内部需要供应官吏、军队的俸禄粮饷，外部需要向中央或大国纳贡送礼，不能平平安安地过日子。所以他们必须加强对水土的管理以有利于发展农业，也都有一定的办法，而钱镠的措施最详细，至今还有很多流传下来。所以鉴湖水利的不被废弃，是有原因的。

近代以来就不是这样了，天下统一，而安于累世承平的局面，在位的人对兴办事业很慎重，而喜欢遵循旧法。而请求以湖造田的人，他们的言语和势力又往往足以打动人。至于说兴修水利，又是耗费资财、兴师动众的事，从古以来就是很困难的。所以兴修郑国渠的工程，人们说足够使秦国疲弊；而西门豹整治邺渠，大家也认为繁重劳苦。过去既是这样，那么我们的官吏，谁又愿意接受那难以承担的怨恨，招来很容易临头的责骂，而去指望那未必能实现的功劳呢？所以建议虽多而并没有实行，法令虽严而并没有执行，造田的人之所以一天天增多，鉴湖之所以一天天淤废，正由于这些原因罢了。所以说有法令不执行，而得过且过的习气占了上风，难道不正是这样吗！

一个千年的湖泊，是废是兴，其中的利害显然易见。然而从庆历以来三十多年，遇上地方官吏治理政事的因循守旧，竟到了淤废的地步，而社会上尚且没有省悟所以造成这个后果的原因，而况对于那些隐晦深微难以查考的事情，由于应付偷懒而在不知不觉中废弛毁坏，又怎能明白造成这种情况的原因呢？

现在讲鉴湖不必再恢复的人，理由是说用湖所造农田的收入已经很多了，这是一些说客在为那些占湖种田而利己的人辩解。目前湖还没有完全荒废，湖下的田已出现干旱，这是眼下的危害，也是大家所目睹的；假如让湖完全淤废，那么占湖开的田也就要发生干旱，这是将来的危害，是大家还没有看到的。所以说这是说客在为那些占湖种田而利己的人辩解，其实他们并不是真正懂得利害的人。认为湖不必疏凿的人，说是加堤蓄水就行，这是一些诡辩家在为喜欢听应付偷懒的人说话。以地势考察，蓄水使水位增高，必然要毁坏城市，这是建议的人已经说到了的。又以地势考察，疏凿湖底使它加深，然后才不失去它原有的规模；不失原有的规模，然后才不失去它相应的作用，这是建议的人所没有说到的。又山阴的石头标志是四尺五寸，会稽的石头标志便将近多一倍，蓄水使水位增高，那么会稽水位增高一尺，山阴才增高五寸，地势的高低不相等，则加堤并不能对事情有补益。所以说，这是诡辩家在为那些喜欢听应付偷懒的人说话，他们也不是真正懂得利害的人。

以上两种办法既然不能用，而想禁止占湖而耕，鼓励告发的人，则已有赏罚的措施了；想严格掌管湖水的蓄存和排泄，则已有开关斗门的措施了；想要严厉地禁绝敢于造湖田的人，则拔他们的秧苗，责成他们自己恢复成湖，而加重惩罚，又已有措施了；有人想将管理湖泊的责任落实给州县与转运使、提典刑狱，有人想以每年农闲时疏凿湖床，有人想禁止在石柱之内造田，又都已有措施了。想要知道疏凿湖床的深浅，用工多少，需时间多少；想要知道增高堤坝所需竹木的费用要多少，让这笔钱从哪里筹集;想要知道疏凿湖床的淤泥堆积在什么地方,又都已经考虑到了。想知道疏凿开工之后,或许各种议论从外部动摇,服劳役的人从内部溃散,则不一定能成功,也已经谈论到了。如果真能够搜集各种意见而研究它们的可行与否,采纳其中可行的,而再以自己的见解补充修订,使合理的建议一定要实行,法令一定要执行,那么有什么功业办不到,什么利益不可以恢复的呢?

我最初蒙恩做越州通判,向人们问起鉴湖的废兴情况,没有能说出利害实情的人。等到上任,然后向两县查问鉴湖的地图,向州与河渠司查问有关鉴湖的书,直到再实地考核而绘成图,悉心研究而编成一书,然后鉴湖利害的实际情况便明确了,所以作这篇序加以论述,希望让为鉴湖谋划的人有考核的依据。

熙宁二年冬于卧龙斋。

进太祖皇帝总序并状

宋神宗在元丰四年(1081)七月,下诏命曾巩为史馆修撰,专修太祖、太宗、真宗、仁宗、英宗五朝国史。太祖赵匡胤(927—976)是宋朝开国之君,作者首先写成这篇《总序》,即五朝国史中《太祖本纪》的序,并于这年十一月上状进呈给神宗。本文从开头到"伏候敕旨"为状(状是向上陈事的文体名),以下为《总序》(有的书即分别标题)。在《总序》中,作者全面论述了太祖关心人民疾苦、礼待敌国、抵抗契丹(即辽)等政治功绩和个人的才能、品德,对我们认识这位开国皇帝及宋初历史,有一定参考价值。因为作者是奉诏论撰,所以《总序》美化了宋太祖,不少地方与史实有出入，我们不可轻信。据史载，这篇《总序》“不称上意”，于是神宗罢修五朝史。这年曾巩六十三岁，后一年多（元丰六年四月）逝世。

右①，臣误被圣恩，付以史事②。今月三日，延和殿伏蒙面谕所以任属臣者，臣愚不肖，不知所处，是以蚤夜一心极虑③。惟祖宗积累功德非可形容④，矧臣之鄙，岂能拟议仿佛？将无以使列圣巍巍之韪迹焜耀昭彻⑤，布在方策⑥，此臣之所惴惴也。

窃惟前世原大推功，必始于受命之君，以明王迹之所自。故《商颂》所纪⑦，繇汤上至于契⑧。周诗《生民》、

① 右：指《太祖皇帝总序》。作者进呈时，《总序》在《进状》之前，故称。 ② 付以史事：指元丰四年七月己酉神宗诏作者充史馆修撰，专典史事，见《宋史·神宗本纪》三。 ③ 蚤：通“早”。 ④ 祖宗：即下文“列圣”，指宋太祖至英宗五帝。 ⑤ 韪（wěi 伟）：善。焜（hùn 混）：明亮。 ⑥ 方策：方即木板，策即竹简，古代用以书写。这里代指史书。 ⑦《商颂》：《诗经》“颂”的部分，有《周颂》、《鲁颂》、《商颂》三部分，《商颂》载商的后裔祭祀祖先的乐歌。 ⑧ 汤：商王朝的建立者，也称天乙、成汤。契：传说是商族始祖帝喾的儿子，其母简狄吞玄鸟卵而生。

《清庙》①，本于后稷、文王②。宋兴，太祖开建鸿业，更立三才，为帝者首。陛下所以命臣显扬褒大之意，固以谓太祖雄才大略，千载以来特起之主，国家所繇兴，无前之烈，宜明白暴见，以觉悟万世，传之无穷。臣窃考旧闻，伏念旬月，次辑太祖行事，揆其旨意所出，终始之际，论著于篇，敢缮写上尘③。臣内自省，大惧智不足以窥测高远，文不足以推阐精微，使先帝成功盛德，晦昧不章，不能满足陛下仁孝继述之心，仰负恩待，无以自赎。伏惟陛下聪明睿智不世之姿，非群臣所能望，如赐裁定，使臣获受成法，更去纰缪，存其可采，系于《太祖本纪》篇末，以为国史书首，以称明诏万分之一。臣不胜大愿，惟陛下留意万幸。臣未敢请对，谨具状，以所论著随状上进以闻。伏候敕旨④。

盖唐之敝，自天宝已后纪纲寖坏⑤，不能自振，以至

---

①《生民》:《诗经·大雅》篇名，歌颂周先祖后稷。《清庙》:《诗经·周颂》篇名，祭祀文王的乐歌。 ② 后稷：姓姬，名弃，传说为舜的农官，周族先祖。文王：姓姬名昌，殷末为西部诸侯领袖，称西伯，其子武王灭殷而建立周朝。 ③ 上尘：呈上。"尘"用如动词，意思是说所作《总序》尘染、玷污了皇帝，是谦词。 ④ 敕(chì 斥)旨：皇帝的诏命。 ⑤ 天宝：唐玄宗年号(742—756)。

于失天下。五代兴起①，五十余年之间，更八姓十有四君，危亡之变数矣②。其尤甚者，契丹遂入中国③，擅立名号。当是时，天地五行人事之理反易缪乱，不同夷狄者亡几耳。

太祖为天下所戴，践尊位，以生民为任，故劝农桑，薄赋敛，缓刑罚，除旧政之不便民者。诏令勉核相属，推其心，无一日不在百姓也。知方镇之病民也④，故设通判之员⑤，使敛以绳墨⑥。忧吏之不良也，故数使在位举其所知。患吏或受赇⑦、或不奉法也，故罪至死徒，一无所贷。原其意，盖以谓遭世大衰，不如是，吏不知禁，不能救民于焚溺之中也。征伐既下诸国，必先已逋欠⑧，涤烦苛，赒乏绝⑨，雪冤滞，惠农民，拔人才，申命郡邑，反复不倦。或遇水旱，辄蔬食清祷，欲移灾于己。其于群臣，有恩旧，有劳能，待之各尽其分，以位贵之，以财富之，有男使尚主，有女使嫁宗室，其予人之周也如此。即材可用，

---

① 五代：指后梁、后唐、后晋、后汉、后周五个朝代。 ② 数(shuò 朔)：屡次、频繁。 ③ 契丹：少数民族名，公元916年建立契丹国，947年改国号为辽。 ④ 方镇：掌握一方军政大权的长官，这里指知军州事。 ⑤ 通判：官名，宋太祖乾德元年(963)始置，为州府副长官，但有监察州府官之权。 ⑥ 绳墨：木匠用绳沾墨打直线的工具，这里喻指法规。 ⑦ 赇(qiú 求)：贿赂。 ⑧ 逋(bū 晡)：拖欠。 ⑨ 赒(zhōu 周)：救济。

虽仇不废；不可用，虽光显矣，不处以势。其有罪多纵贷之，或赐之使自愧。及至坚明约束以整齐天下者，亦使之不能逾也。

强僭之国，皆接以恩礼。商贾往来不禁①，有出境犯其令者，乃为之置市边邑，使两利。有所乏少，常赈助之。征伐所加，必其罪暴著，师出未尝不以义也。其君长已降，及就俘执，道路劳问迎致，使者相望。既至，罪不数辱之，优假秩禄，及其宗亲吏属，赐以田宅，使子孙世守。拥护保全，皆得以寿考终。

自晋既覆灭②，契丹寖大，中国惴畏不敢当③。太祖拔用材武护西北边，宠以非常之恩，任属专，听信明。常遣戍卒④，戒之曰："我犹赦汝，郭进杀汝矣⑤。"有讼进者，谓曰："进军政严，此必犯进法。"送进，使杀之。关市租赋，诸将得恣用，不问出入。以其故，士附，斗者尽力，谍者尽情。边臣可诿者，皆十余年不易其任。然位不过

① 商贾（gǔ 古）：流动售货的叫商，固定一处售货的叫贾。这里泛指商人。 ② 晋：即后晋（936—946），为辽所灭。 ③ 中国：这里指在中原建国的后汉、后周。 ④ 常：通"尝"。 ⑤ 郭进（922—979）：宋永宁军博野（今河北蠡县）人，历仕后晋、汉、周，入宋后历任洺州防御使、充西山巡检，行营前军马军都指挥使、马步军都监等，长期与北汉、辽作战，颇著战功。

巡检使[①]，众不过三五千人。盖任专则事便，位不极则士励，兵少则用约，御将亦多术矣。总其所长，能兼用之，故能省费息民，振新集之众，屈凭陵之虏也。

盖太祖笃于孝友，有天下之行；聪明智勇，有天下之材。仁心爱人，有天下之志；包含遍覆，有天下之量。守之以勤俭恭慎，虚心纳谏。鉴于粤、蜀[②]，以奢为戒。思天下之重，不复游畋[③]。封拜诸子，务自约损，不尽循故典。收纳学士大夫，用之不求其备，或守难进之节，亦不夺也。晚喜读书，劝诸将以学，曰："欲使之知治道也。"兼覆夷夏，从容以德。江南平[④]，览捷书而泣曰："师征不义，而顾令吾民死兵，彼何负哉！"秦州已入，尚波于之地，却而不受[⑤]。钱俶来朝，复归之

---

① 巡检使：官名，掌统辖禁兵或土兵，一般官位较低。 ② 粤、蜀：粤指南汉（917—971），五代时十国之一，因建于广州，故称。蜀指后蜀（934—965），也是十国之一。两国统治者都以奢侈出名，为太祖所灭。 ③ 畋（tián 田）：打猎。 ④ 江南：指南唐，十国之一，公元 975 年为太祖所灭。 ⑤"秦州"至"不受"三句：指太祖建隆二年（961），西夏秦州（今甘肃天水）首领尚波于与宋争采树木，于是进攻渭北，知秦州高防将他击退。太祖于是改派吴廷祚代替高防，以安辑尚波于，并归还其旧地。见《宋史》卷四九二《外国传》八《吐蕃》及卷二七〇《高防传》。

越[1]。契丹愿听盟约，逡巡退抑[2]，不自矜伐。天下大势连数十城之镇，割其故地，以小其力；易动难畜之兵，敛置怀服，以消其难。至于举贤良，崇孝弟[3]，缀礼乐，明考课，虽宇内初辑，然庶政大体，弥纶备具。遗文故事，施于后世，皆可为法。民于是时，从死更生，室家相保；士农工贾，各还其职；鸟兽草木，亦莫不遂。前世旧臣，备将相、处腹心爪牙之任者，一旦回心奉令北乡[4]，如素委质[5]。天下广都通邑，兼地千里，德怀二三之臣，负众自用，令之不从、召之不至者，尚数十，皆束衽来庭[6]，代易奔走，如水凑下。粤、蜀、吴、楚、瓯闽之君[7]，分天下为八九，曰帝与

① “钱俶”两句：钱俶(929—988)，吴越国王，太宗时纳土归宋，见《宋史》卷四八〇《世家三》。钱俶来朝，指太祖开宝九年(976)钱俶到开封朝见，群臣多请太祖扣留钱俶，迫使他献地，而太祖不同意，放他回国，见魏泰《东轩笔录》卷一。
② 逡(qūn 囷)巡：立刻。 ③ 弟(tì 涕)：通“悌”，敬爱兄长。
④ 北乡：“乡”通“向”。古代天子南向而坐，臣北向而拜，故北乡即指臣服、投降。 ⑤ 委质：指臣下将自己的一切托付给皇帝，以表示将尽全力效忠。 ⑥ 束衽：犹言敛衽，指将衣襟夹在腰带间，是古人表示敬意而下拜时的动作。 ⑦ 粤、蜀：指南汉、后蜀，见前注。吴：此指吴越国，也见前注。楚：这里指荆南(907—963)，五代时十国之一，宋初归降。瓯闽：此指陈洪进(914—985)。陈洪进原是闽(五代时十国之一)臣，闽被南唐灭亡后，他拥有漳、泉二州，太宗太平兴国三年(978)献地归宋。

王，传子及孙，更数十岁者，编名囚虏，并聚阙下①。四海之内，混齐为一。海东之国高丽②，极南交阯③，西戎吐蕃④、回纥⑤，北狄契丹，皆请吏奉贡。天地所养，通途之属，莫不内附。当是时，更立天下，与民为始，天地五行人事之理，乱而复正。盖太祖之于受命，非如前世之君，图众以智，图柄以力，其处心积虑，非一夕一日，在于取天下也。其在天者历数⑥，在人者群臣万民、三军之士不归周⑦，归太祖，未有知其所以然者，所谓天也。及其传天下也，舍子属弟⑧。是则太祖之受天下，与舜受之尧，禹受之舜，其揆一也；其传天下，与尧传之舜，舜传之禹，其揆一也。受天下及传天下，视天与人而已。非其心未尝有天下，岂能如是哉！

---

① 阙：古代宫殿前立有双柱，叫阙。这里代指皇帝居住的地方。 ② 高丽：国名，即今朝鲜。 ③ 交阯：这里指海南岛一带。 ④ 吐蕃（bō 波）：我国古代藏族所建的地方政权名，即今西藏。 ⑤ 回纥（hé 和）：古代民族名，唐文宗开成以后分散西迁。 ⑥ 历数：此指朝代更替的次序。在封建社会，统治者认为谁该作皇帝，是天道运历之数所决定的。 ⑦ 三军：古代有中军、上军、下军，或中军、左军、右军等设置，这里泛指军队。不归周，及下句“归太祖”，指公元 960 年正月，后周派赵匡胤出兵抵御北汉，行至陈桥驿（今开封东北）发动兵变，还京师推翻后周、建立宋朝事。 ⑧ 弟：即宋太宗赵炅（jiǒng 炯），原名匡义。

世以为太祖不世出之主，与汉高祖同[①]。盖太祖为人有大度，意豁如也，知人善任使，与汉高祖同，固然也。太祖承自天宝以后，更五代二百余年极敝之天下；汉祖承全盛之秦，二世之末，天下始乱，所因之势既殊。太祖开建帝业，作则垂宪，后常可行；汉祖初定海内而已，不及一。太祖立折杖法[②]，脱民榜笞死祸，定著常刑，一本宽大；汉祖虽约法三章[③]，然肉刑三族之诛[④]，至孝文始去[⑤]，不及二。太祖功臣，皆故等夷，及位定，上下相安，始终一意；汉祖疑间诸将，夷灭其家，不及三。太祖削大弱强，藩臣遵职；汉祖封国过制，反者更起，累世乃定，不及四。太祖征伐必克，汉祖数战辄北，不及五。太祖文武自出，群臣莫及；汉祖非得三杰之助[⑥]，不得无失，不及

---

① 汉高祖（前256—前195）：刘邦，字季，秦末起兵，最后战胜群雄，建立汉朝。 ② 折杖法：刑法名，颁行于太祖建隆四年（963）。即原判流、徙、杖、笞（chī 痴）刑，改用杖罚后减刑或释放，详见《宋史·刑法志一》。 ③ 约法三章：汉高祖初入关，与民约定法律三条，即：杀人者死，伤人及盗抵罪，见《史记·高祖本纪》。 ④ 三族之诛：刑法名，即一人犯罪，诛及三族。三族：指父母、兄弟、妻子，一说指父族、母族、妻族，见《史记·秦本纪》。 ⑤ 孝文：即汉文帝（前202—前157）刘恒，高祖子。 ⑥ 三杰：指张良、韩信、萧何，见《史记·高祖本纪》。

六。开宝之初[①]，南海先下[②]；赵陀分越而帝[③]，汉祖不能禁，不及七。太祖不用兵革，契丹自附；汉祖折厄白登[④]，身仅免祸，不及八。太祖后宫二百，问愿归者，复去四之一；汉祖溷于衽席[⑤]，女祸及宗[⑥]，不及九。太祖明于大计，以属天下[⑦]；汉祖择嗣不审[⑧]，几坠厥世，不及十也。汉祖所不能及，其大者如此。

是自三代以来，拨乱之主，未有及太祖也。三代盛矣，然禹之孙太康失国[⑨]，汤之孙太甲放废[⑩]，文、武之后

---

① 开宝：太祖年号(968—976)。 ② 南海：指南汉，开宝四年(971)为宋攻灭。 ③ 赵陀(？—前137)："陀"又作"佗"。秦灭，在广州自立为南越武王。汉高祖立为南越王。详《史记·南越传》。 ④ 白登：山名，在今山西大同东。汉高祖七年(前200)，匈奴冒顿包围汉高祖于此，七日方解围，见《史记·韩王信传》。 ⑤ 溷(hùn 混)：迷乱。衽(rèn 任)席：卧席，此代指后妃。 ⑥ 女祸及宗：指吕后称制。吕后(前241—前180)，名雉，汉高祖妻，惠帝刘盈母。惠帝死后，吕后临朝称制达八年，立诸吕为王，排斥刘氏。吕雉死，周勃、陈平等杀诸吕，拥立文帝，才恢复刘汉政权。 ⑦ 以属天下：指宋太祖将皇位传于其弟太宗赵炅事。 ⑧ 择嗣不审：指汉高祖立刘盈(惠帝)为太子。刘盈懦弱，因母族权势过大，忧疾而死，大权遂落入吕后手中。 ⑨ 太康：夏王名，禹孙，启子，古史记他荒淫暴虐，为有穷之君羿所逐，见《史记·夏本纪》集解。⑩ 太甲：商王名，成汤孙，即位后纵欲败度，被大臣伊尹流放到桐宫，三年后悔过自新，又才复位，见《史记·殷本纪》。

三四传，昭王不返于楚①。繇汉以下，变故之密，盖不可胜道也。太祖经始大基，流风遗泽，所被者远。五圣遵业②，至今百有二十余年。上下和乐，无变容色动之虑接于耳目，治安久长，自三代以来所未有也。惟太祖创始传后，比迹尧舜，纲理天下，轶于汉祖；太平之业，施于无穷，三代所不及。成功盛德，其至矣哉！盖唐天宝十四年③，天下户八百九十一万。太祖元年④，户九十六万，末年⑤，天下既定，户三百九万。今上元丰二年，户一千三百九十一万。六圣之德泽⑥，覆露生养，斯其所以盛也。本原事实，其所繇致此，有自也哉。

【翻译】

右边是《太祖皇帝总序》。我不恰当地接受了圣上的恩旨，将修国史的重任托付给我。本月三日，在延和殿又蒙当面告诉任命我修国史的原因，我愚昧无能，不

---

① 昭王：名瑕，周康王子，周武王重孙，文王玄孙，故就武王说为三传，就文王说为四传。周昭王南游到汉水，当地人恨他，献上用胶粘的船，船到中流解体，昭王被淹死。见《史记·周本纪》。 ② 五圣：指宋太宗、真宗、仁宗、英宗、神宗。③ 天宝十四年：即公元755年，这年爆发安史之乱。 ④ 太祖元年：即建隆元年(960)。 ⑤ 末年：指太祖开宝九年(976)。⑥ 六圣：即上注②所列五帝，再加太祖。

知道如何办才好，所以从早到晚专心思考。祖宗所建立的功德，不可用文字表达，何况我如此鄙陋，怎么能够设论推究到一个大概呢？如果不能使各位圣人崇高伟大的事迹光辉照耀，记载在史册上，这将是我所惴惴不安的。

我想，前代追溯兴旺发达和推考建功立业的根源，一定要从接受天命的君主开始，以说明王业的由来。所以《商颂》所记述的，由汤一直上推到契。周代的乐歌《生民》、《清庙》，也以后稷、文王为根本。宋朝兴起，太祖开创大业，重新确立起天、地、人"三才"的位置，是帝王中最杰出的。陛下之所以指示我表彰赞美的本意，固然是说以太祖的雄才大略，是千年以来最突出的君主，国家是由他兴建的，空前的功勋，应当明明白白地显现出来，使万代都明白这点，并传颂无穷。我考核了从前的传闻，考虑了历史事件的时间顺序，编次辑录太祖的生平事迹，研究他所作所为的用意，及其前后关系，然后在《总序》中加以论述，因而敢于缮写呈上，玷污了陛下。我内心反复考虑，很担心智力不足以私自测度太祖高深远大的谋划，文章也不足以推究阐述太祖精深微妙的计略，使先帝成就功业的大德，被掩蔽而不能彰明，不能满足陛下仁爱孝顺、继承遗志的深心，辜负了皇上的恩遇礼待，真是无法赎罪。心想陛下聪明智慧，具有一世难得的资材，不是群臣所能企及的，如果蒙赐改定，使臣获得标准的写法，改去错误之处，保留可采用之点，放在《太祖本纪》的篇末，作为五朝国史的第一部分，以符合圣明的诏令的万分之一，臣没有比这更大的愿望了。请陛下留心，实在是万幸。臣不敢请求当面奏答，谨写成这篇状词，并以所作序文随状奉上进呈。恭敬地等待敕命。

唐朝的衰败，是从天宝以后国家的法度渐被破坏，又不能自我奋起振作开始的，一直到丢掉天下。五代兴起，五十多年间，换了八个姓，十四位君主，国家危亡的事变十分频繁。其中最为严重的，是契丹乘机侵入中国，擅自建立国号。这个时期，真是天地五行和人类社会的伦理都颠倒错乱，中国不同于少数民族的地方，已没有多少了。

太祖被天下人民所拥戴，登上了皇位，以拯救人民为己任，所以鼓励务农植桑，减少赋税，减轻刑罚，废除旧政令中不利于人民的规定。勉励和核查的诏令一个接一个，推究太祖的用心，没有一天不在考虑老百姓的疾苦。太祖深知地方长官危害百姓，所以设置了通判的职位，让通判用法规对他们加以约束。又担忧官吏的素质不好，所以多次下令让在位的官员荐举自己所了解的人才。太祖还担心官吏要么受贿，要么不守法，所以定这类人的罪，重到死刑，一个也不宽贷。推究太祖的本意，大约是认为社会遭受极大的衰乱，不这么办，官吏不知道什么是犯法，也就不能从水深火热中拯救人民了。征讨攻下各国之后，必定首先免除百姓历年拖欠的赋税债务，废弃烦滥苛刻的法令，救济穷困无法生活的人，昭雪积压的冤案，给农民以实惠，选拔人才，命令州郡办好这些事，反反复复，不觉厌倦。要是遇到水旱灾害，太祖常去荤食素以祷告神明，总想把灾害转到自己身上。太祖对于手下的臣僚，有恩遇旧交的，有功劳才能的，对待他们都恰到好处，用职位使他们尊贵，用财产使他们富裕，有男子的使他们上配公主，有女子的使她们嫁给皇族，他酬答别人的周到有如此类。假使某人的才能可以任用，即使是仇人也不废弃；如果无才可任用，即使已有名声地位了，也不让他处在权势的位置。群臣中有罪过的，大多从宽处理，有的反而赏赐他，使他自己感到羞愧。至于严明纪律，以使国家执法一致，也让官吏严格遵守，不能逾越。

对于割据称号的那些国家，都用恩遇礼节相待。商人们相互往来而不禁止，如有离开国境会违犯对方法令的，便为他们在边界城镇设置市场，让双方都有利。割据之国要是有什么缺少的，还常常救济帮助他们。凡需进行攻讨，一定是那个国家的君主罪恶昭著，出兵没有不是以正义为原则的。若该国的君主已经投降,以及被俘虏,一路上慰劳抚问,迎接来京城,派出的使者一个接一个。到达京城之后,虽有罪但不再侮辱他们,宽待并给以官爵俸禄,还宽待到他们的宗族官属,赐给他们田产住宅,让他们的子孙世代享用。对这些君主保护顾全,都能活满他们的天年。

自从后晋灭亡之后,契丹渐渐强大,中原之国都畏惧不敢抵抗。太祖选拔有武略的人才保卫西北边境,用特殊的恩遇优待他们,任用专一,听取接受意见能明察是非。曾向西北派遣戍边的兵士,警告他们说:"若不努力作战,我还可以赦免你们,郭进可要杀你们!"有控告郭进的,太祖说道:"郭进治军很严,这人一定是犯了郭进的军法。"于是送交郭进,让郭进杀掉他。物资聚散之地所收取的租粮赋税,将领们可以随意使用,不问收支情况。由于这些原因,战士都团结在将领周围,作战的都能尽力,侦探情报的也都尽可能打听清楚,边臣可以委以重任的,都是十多年不变动他们的职务。然而他们的官位不过是巡检使,兵士不过三五千人。任用专一则便于行事,官位不太高则将士更知努力,兵少则费用不多,统帅军将也算是办法很多的了。归纳太祖用兵的优点,是能够采用各种措施,所以能节省军费,让人民休养生息,振奋新召集的军队的威风,挫败进犯的敌人。

太祖在孝道、友爱方面十分真诚，有高于天下的德行，聪明、智慧、勇敢，有超越天下的才能。以仁义之心热爱人民，有治理天下的志向；包含覆盖各个方面，有胸怀天下的气量。坚持勤俭谨慎，虚心采纳别人的意见。看到南汉、后蜀的教训，深以奢侈为鉴戒。考虑以天下大事为重，不再打猎。授与各位儿子的官爵，一定要降低，不完全遵循以前的典章。接纳学者儒生，使用他们不求全责备，有的愿守不求仕进的节操，也不强求改变他的志向。晚年喜欢读书，并劝勉各位将领学习，说："想让他们也知道治理国家的办法。"同时照顾到本国、外国的利益，都以德行为准。南唐平定后，阅读报捷的文书而哭泣着说："出兵讨伐不义的国君，而看到我的人民死于战争，他们有什么罪！"秦州已收复，对尚波于原有的土地，退还给他而不占有。钱俶来朝见，再让他返回越中。契丹愿意接受盟约，于是立即退兵克制，不以武功自夸。国家那些势力强大、连接数十城的大镇，分割它原有的辖地，从而减小它的力量。容易骚乱、难以管理的军队，收聚屯置，安抚而使其顺从，从而消除可能发生的灾难。至于选举贤良的才士，崇尚孝道友爱，编写礼乐制度，明确考核官吏政绩的办法，虽说是天下初步统一，然而各项政治设施的大框架，已经整治补充，趋于完备了。当时遗留下来的文献典章，用于后代，都可以作为法规。人民在这时候,从死亡中获得新生,家庭得到保全;读书人、农民、工人、商人,分别恢复原有的职业;鸟兽草木,也无不各得其所。前朝的旧臣,位居将相、官处枢要亲信职务的,只要有一天回心转意,接受命令称臣,仍可以像原先那样,托身于国,为国效力。在天下大的城市和交通枢纽,据有千里之地。怀着三心二意的人,依仗人多,自以为不可一世,命令不服从,征召不赴朝的,还有数十个,这时都将衣襟束在带间,来朝廷下拜,愿意代替主上奔走效劳,真像水流向低处一样。南汉、后蜀、吴越、荆南、瓯闽的国君,把天下分割成八九块,称帝称王,传给儿子直到孙子,经历了数十年的,这时都被编入囚犯、俘虏的名册中,全部集中到官阙之下。四海之内,统一成一国。大海东边的国家高丽,最南部的交趾,西方的吐蕃,回纥,北部的契丹,都请求朝廷派遣官吏管理他们,愿意奉纳贡物。凡是天地所生养的人类,只要是有路可通的地方,没有不内附的。这时候,改换了一个天下,同人民重新开始过新的生活,天地五行,以及人类社会的伦理,由乱再返回到正。这是因为太祖是接受天命而拥有天下,不像前代的君主,是靠智谋才得到人马,靠武力去谋取政权,他们蓄意已久,不是哪一天才想到要夺取天下。而太祖,就天道说为历数所决定,就人事说,当时群臣和千万人民、三军将士不归向后周，而归向太祖，没有谁知道为什么会是这样，这就是人们所说的天意。到太祖传天下的时候，不传给儿子而传弟弟，则是太祖接受天下，与舜从尧那里接受天下，禹从舜那里接受天下，道理是一样的；太祖传天下，与尧传给舜，舜传给禹，道理也是一样的。接受天下和传授天下，都是根据天意和人心罢了。要不是他的心本来就没有夺取天下的打算，怎么能做到这样呢！

世上认为太祖是不常见的英明君主，与汉高祖相同。太祖具有恢宏的气度，胸怀博大，了解人并善于用人，与汉高祖相同，本来也是这样的。太祖承接从天宝以后、经历五代二百余年极端衰败的天下，而汉高祖上接全盛的秦朝，秦二世末年，天下才开始大乱，他们所承继的形势已各自不同。太祖开创了帝王大业，并制订法规流传下来，后代常可遵行；而汉高祖只是初步平定了天下而已，这是他赶不上太祖的第一点。太祖确立了折杖法，让人民摆脱棒打致死的祸害，制定的各种刑罚，也全都本着宽大的精神；汉高祖虽曾约法三章，然而肉刑、株连三族，到汉文帝时才废除，这是他赶不上太祖的第二点。太祖的功臣，都是过去的同僚，到太祖天子位定，上下都安定，自始至终一条心；汉高祖疑心离间各位将领，将他们全家杀绝，这是他赶不上太祖的第三点。太祖削弱势力强大的州郡，所属各地的臣僚都遵守职掌；

汉高祖分封诸侯国超过制度，起兵反叛的彼伏此起，经过几代才平定，这是他赶不上太祖的第四点。太祖出兵征讨必打胜仗，汉高祖屡次作战常遭失败，这是他赶不上太祖的第五点。太祖文谋武略都出于自己，群臣没有谁赶得上他；汉高祖若不得到张良、韩信、萧何等三杰的帮助，就不能没有失算，这是他赶不上太祖的第六点。太祖开宝初年，南汉最先被攻下来；当年赵陀却割据南越之地而称帝，汉高祖不能禁止，这是他赶不上太祖的第七点。太祖不用出兵，契丹便自己归附；汉高祖兵败被围困在白登，身仅免于被擒，这是他赶不上太祖的第八点。太祖后宫只有二百人，问谁愿意回家的，又去掉四分之一；汉高祖沉迷于女色，母后称制的祸事危及刘氏政权，这是他赶不上太祖的第九点。太祖明察国家大计，以决定天下的归属；汉高祖选择继承人不审慎，差点丢掉了天下，这是他赶不上太祖的第十点。汉高祖不及太祖的，就大的方面说便有这些。

这说明从三代以来，治理乱世的君主，没有谁赶得上太祖。三代是很兴盛的了，然而禹的孙子太康丢掉了国家，汤的孙子太甲被人流放，周文王、武王以后才传了三四代，周昭王便死于楚。由汉朝以下，各代事变的频繁，真是说不胜说。太祖奠定了大业的基础，遗留下来的风气德泽，影响深远。五位圣人继承洪业，到现在已一百二十多年了。上下和平安乐,没有什么让人听见、看到足以改变容颜的焦虑事,国家政治的安定长久,是从三代以来所没有过的。太祖创业传给后人,他的事迹与尧舜相似,治理天下,超过汉高祖;太平的大业,流传无穷尽,连三代也赶不上。太祖所成就的功勋大德,真是到极点了!唐天宝十四年,全国有八百九十一万户人家。太祖元年,有九十六万户;末年,天下已平定,有三百零九万户。当今皇上元丰二年,有一千三百九十一万户。六位圣人的德化和恩惠,如天覆盖,雨露滋润,养育百姓,从这里也可见是多么盛大。追溯这些事实的原因,所以能够达到如此程度,是有根源的啊!

南齐书目录序

宋仁宗嘉祐五年(1060),欧阳修推荐曾巩担任馆阁校勘(官名),直到英宗治平四年(1067),八年间曾巩校理了许多种书,而每种书都作有目录序一篇。所谓"目录序",是作者为原书重新编制目录后而作的序,大致由两部分组成:一是该书作者、篇数、撰写及整理概况;二是对该书内容、得失等作简要论述,也就是提要,这部分称"叙"。本文是为《南齐书》作的目录序。《南齐书》记述南齐(479—502)一代的历史,曾巩认为该书撰者萧子显喜欢更改润饰史事,文字卑下,不具备史才,评价甚低。从而提出了优秀史官应具备的四个条件,那就是"明"

（识见）、“道”（思想）、“智”（才能）、“文”（文学修养）。只有具备这四点，才算称职，才能总结出治理天下的规律。在这里，作者将“道”与“文”相提并论，是颇有见地的，因此前人说本文可作为十七史的总序。但是，作者局限于儒家的传统观念，认为符合上述四点的只有《尚书》中《尧典》、《舜典》的作者，虽承认司马迁有出类拔萃的才华，却认为他“是非颠倒”，而对其他史书的作者则一概否定，是偏激的，不恰当的，甚至是错误的。

《南齐书》八纪①，十一志②，四十列传③，合五十九篇，梁萧子显撰④。始，江淹已为《十志》⑤，沈约又为《齐

---

① 纪：古代史书体裁之一，记述一代帝王的主要事迹。② 志：古代史书的一种体裁，记述国家的地理、职官、食货等等方面的制度及沿革。③ 列传：古代史书的一种体裁，主要记载历史人物的事迹。④ 梁：指南朝梁（502—557）。萧子显（489—537）：字景阳，梁南兰陵郡南兰陵县（今江苏常州）人，仕梁官至吏部尚书。他除著《南齐书》外，还著有《后汉书》等数种，文集二十卷，都已不传。⑤ 江淹（444—505）：字文通，梁济阳考城（今属河南）人，仕齐和梁两朝都至高官。南齐初年，曾受命与檀超等编集“国史”。

纪》①，而子显自表武帝②，别为此书。臣等因校正其讹谬，而叙其篇目曰：

将以是非得失、兴坏理乱之故而为法戒，则必得其所托，而后能传于久，此史之所以作也。然而所托不得其人，则或失其意，或乱其实，或析理之不通，或设辞之不善，故虽有殊功韪德非常之迹，将暗而不章，郁而不发，而梼杌嵬琐奸回凶慝之形③，可幸而掩也。

尝试论之。古之所谓良史者，其明必足以周万事之理，其道必足以适天下之用，其智必足以通难知之意，其文必足以发难显之情，然后其任可得而称也。何以知其然也？昔者唐虞有神明之性④，有微妙之德，使由之者不能知，知之者不能名，以为治天下之本；号令之所布，法度之所设，其言至约，其体至备，以为治天下之具，而为二典者推而明之⑤。所记者岂独其迹也？并与其深微之意而传之，小大精粗无不尽也，本末先后无不白也，使诵其说者如出乎其时，求其旨者如即乎其人。是可不谓明

---

① 沈约(441—513)：字休文，武康(今浙江德清)人，历仕宋、齐、梁三朝，除著《齐纪》(今已不传)外，还著有《宋书》等。 ② 武帝：即梁武帝萧衍。 ③ 梼(táo 桃)杌(wù)：传说是远古的凶人。嵬(guī，规)琐：卑鄙狭小。慝(tè 特)：邪恶。 ④ 唐虞：即尧、舜，传说中的古帝王名。 ⑤ 二典：指《尚书》中的《尧典》、《舜典》。

足以周万事之理，道足以适天下之用，智足以通难知之意，文足以发难显之情者乎？则方是之时，岂特任政者皆天下之士哉，盖执简操笔而随者①，亦皆圣人之徒也。

两汉以来②，为史者去之远矣。司马迁从五帝三王既没数千载之后③，秦火之余④，因散绝残脱之经，以及传记百家之说⑤，区区掇拾⑥，以集著其善恶之迹、兴废之端，又创己意，以为本纪、世家、八书、列传之文⑦，斯亦可谓奇矣。然而蔽害天下之圣法，是非颠倒而采摭谬乱者⑧，亦岂少哉？是岂可不谓明不足以周万事之理，道不足以适天下之用，智不足以通难知之意，文不足以发难显之情者乎！

夫自三代以后，为史者如迁之文，亦不可不谓隽伟拔出之才、非常之士也。然顾以谓明不足以周万事之理，道不足以适天下之用，智不足以通难知之意，文不足

---

① 简：古代用来书写的狭长竹片。 ② 两汉：即西汉（前206—公元8年）、东汉（25—220）。 ③ 五帝：传说中的上古五个帝王，即黄帝、颛顼、帝喾、尧、舜。三王：指夏禹、商汤、周文王。 ④ 秦火：指秦始皇焚书。 ⑤ 传记：这里泛指文献记载，与口头传说相对。百家：指诸子。 ⑥ 掇（duó夺）：拾取。 ⑦ 本纪：即“纪”，见前注。世家：《史记》中记述诸侯王的传记。八书：指《史记》中的《礼书》、《乐书》、《律书》、《历书》、《天官书》、《封禅书》、《河渠书》、《平准书》八篇。 ⑧ 摭（zhí直）：拾取。

以发难显之情者，何哉？盖圣贤之高致，迁固有不能纯达其情，而见之于后者矣，故不得而与之也。迁之得失如此，况其他邪？至于宋、齐、梁、陈、后魏、后周之书[①]，盖无以议为也。

子显之于斯文，喜自驰聘，其更改破析、刻雕藻缋之变尤多[②]，而其文益下，岂夫材固不可以强而有邪？数世之史既然，故其事迹暧昧，虽有随世以就功名之君，相与合谋之臣，未有赫然得倾动天下之耳目、播天下之口者也。而一时偷夺倾危、悖理反义之人，亦幸而不暴著于世，岂非所托不得其人故邪？可不惜哉！

盖史者所以明夫治天下之道也，故为之者亦必天下之材，然后其任可得而称也。岂可忽哉！岂可忽哉！

【翻译】

《南齐书》有八纪，十一志，四十列传，合计五十九篇，梁萧子显撰。当初，江淹已经写成《十志》，沈约又写成《齐纪》，而子显自己向武帝上表，另外撰成这部书。我等因此校正了该书文字的讹误，而在篇目前提要道：

---

① “至于”句：指南北朝时的六国史书。《宋书》，沈约撰；《南齐书》，萧子显撰，即本文所论；《梁书》、《陈书》，都是姚思廉撰；《魏书》，魏收撰；《周书》，令狐德棻等撰。 ② 藻缋（huì绘）：文采。这里用作动词。

将以人物事件的是非得失、国家兴衰治乱的往事来作为效法的鉴戒，那么一定要找到寄托的方式，然后才能流传到很久远的时代，这就是所以要修撰史书的原因。然而所托付修史的要是没有得到恰当的人，那么有的会失去史实的本意，有的会违背历史事实，有的分析道理不通达，有的行文措词不妥善，所以虽是有大功美德不同寻常的表现，也将会暗淡而不显耀，压抑而不能发扬，而梼杌之类卑鄙邪恶凶残的表现，可以侥幸地被掩盖起来。

我试着论述这个道理。古时候所说的优秀史官，他的明识必定足以洞悉各种事物的道理，他的思想必定足以适合天下所有人运用，他的智慧必定足以通晓难于了解的意思，他的文章必定足以表达难于表现的感情，然后才算得上与他的职务相称。凭什么知道是这样呢？过去尧、舜具有神圣的天性，具有精微深奥的德行，假使随从他的人不能了解他的天性和德行，了解的人又不能用语言表达出来，将这作为治理天下的根本；尧、舜所发布的号令，所制定的法规制度，语言极为简略，体制极为完备，将这些作为治理天下的工具，而作《尧典》、《舜典》的人推究并阐明了它。二典所记的哪里只是尧、舜的事迹呢？是连同他们深邃精微的用心一起传了下来，大小精粗没有不详尽的，本末先后没有不明白的，让读到尧、舜言论的人好像就在当时，考求他们思想的人好像接触了本人。这能够不说是作者的明识足以洞悉各种事物的道理，思想足以适合天下所有人的运用，智慧足以通晓难于了解的意思，文章足以表达难于表现的感情么？那么在尧、舜的时代，岂只担当政事的人是才高天下的英杰，就是持简握笔而跟随他们的，也都是圣人的弟子啊。

两汉以来，作史书的人与二典的作者比，就差得太远了。司马迁在五帝三王已死了数千年之后，在秦焚书后的剩余文献中，依靠散佚残脱的经书，以及各类记载和诸子百家的学说，辛勤地采摘搜辑，然后集中写出历代或好或坏的事迹，或兴或衰的原因，又按自己的意思作了创新，写成本纪、世家、八书、列传，这也可说是很奇特的了。然而他遮蔽伤害了天下圣人的法规，是非颠倒，而采摘错乱的地方，难道还少吗？这难道能不说是他的明识不足以洞悉各种事物的道理，思想不足以适合天下所有人的运用，智慧不足以通晓难于了解的意思，文章不足以表达难于表现的感情吗？

从夏、商、周三代以后，作史书的人有司马迁那样的文章，也不可不说是出类拔萃的人才，不同于一般的文士了。然而反倒说他明识不足以洞悉各种事物的道理，思想不足以适合天下所有人的运用，智慧不足以通晓难于了解的意思，文章不足以表达难于表现的感情，为什么呢？是因为圣贤们高远的意态情趣，司马迁本来就不可能完全真实地表达，从而再现于后世，所以不能与二典的作者相比。司马迁的得失既然如此，更何况其他的人呢？至于宋、齐、梁、陈、后魏、后周各国的史书，就无须再谈论了。

萧子显对于史书这种文体，喜欢随意发挥，对史事更改割裂、刻画雕琢、文饰润色的变动之处尤其多，而他的文笔也更加卑下，难道是史才本来就不可以勉强具备么？几朝的历史既然如此，所以其中的事迹也就含混不明。虽然有顺应时势而成就了功业的君王，以及与他们共同谋划的大臣，但是却没有显赫得能够震动天下人的耳目、传播于天下人口中的。而一时间窃权夺位、倾主害国、违背理义的人，也幸运地没有被暴露在世人面前，难道不是所托付的人不恰当的原因么？能不感到可惜么！

史书是用来说明治理天下的规律的，所以写作史书的人也必须是天下的大才，然后才能够称职。哪能马虎啊！哪能马虎啊！

李白诗集后序

这是曾巩重编《李白诗集》后作的一篇后序。曾巩整理《李白诗集》,大约是在编校史馆书籍期间(参见《南齐书目录序》提示)。作者在序中介绍了《李白诗集》的整理概况,叙述了这位唐代大诗人一生的主要经历,并纠正了史书记载的某些错误。作者赞扬李白诗歌雄伟宏大的气势,认为这是其他诗人所不及的。曾巩又曾作《代人祭李白文》,评价李白诗"玮丽瑰奇",如同长河"浩浩奔放",都表现了作者对李白诗的无比热爱。

《李白诗集》三十卷,旧七百七十六篇。今千有一篇、杂著六十篇者，知制诰常山宋敏求字次道之所广也[1]。次道既以类广白诗，自为序，而未考次其作之先后。余得其书，乃考其先后而次第之。

盖白蜀郡人[2]，初隐岷山[3]，出居襄汉之间，南游江淮，至楚观云梦[4]。云梦许氏者[5]，高宗时宰相圉师之家也，以女妻白[6]，因留云梦者三年。去，之齐鲁[7]，居徂徕山竹溪[8]，入吴[9]，至长安[10]，明皇闻其名，召见以为翰林供奉[11]。顷之，不合去。北抵赵、魏、燕、晋[12]，西涉岐、邠[13]，历商於[14]，至洛阳，游梁最久[15]，复之齐鲁，南浮淮、

① 知制诰：官名，掌起草朝廷文书。宋敏求（1019—1079），字次道，赵州平棘（今河北赵县）人。因赵州古属常山郡，故称“常山”。 ② 蜀郡：古地名，即今四川成都市及其附近地区。李白故里在今四川江油市。 ③ 岷山：在今四川西北部。 ④ 云梦：古代泽名，传说在今湖北荆州一带。 ⑤ 云梦：此是县名，即今湖北安陆市。 ⑥“以女”句：嫁给李白的，是许圉师的孙女。句中称“女”，是对她父母而言。 ⑦ 齐鲁：即今山东省地。 ⑧ 徂徕山：在今山东泰安市东南。 ⑨ 吴：今江苏、浙江西部一带。这里主要指会稽（今浙江绍兴）。
⑩ 长安：唐朝京城，今西安市。 ⑪ 翰林供奉：官名，为皇帝起草文件。 ⑫ 赵、魏、燕、晋：古代国名，今河北、河南、山西一带。 ⑬ 岐、邠：古代地名，在今陕西西部。 ⑭ 商於：地名，今陕西商南县、河南淅川县、内乡县一带。 ⑮ 梁：地名，今河南开封附近。

泗、再入吴，转徙金陵①，上秋浦、浔阳②。天宝十四载③，安禄山反④，明年明皇在蜀，永王璘节度东南⑤，白时卧庐山，璘迫致之。璘军败丹阳⑥，白奔亡至宿松⑦，坐系浔阳狱。宣抚大使崔涣与御史中丞宋若思验治白⑧，以为罪薄宜贳⑨，而若思军赴河南⑩，遂释白囚，使谋其军事，上书肃宗，荐白材可用，不报。是时白年五十有七矣。乾元元年⑪，终以污璘事长流夜郎⑫，遂泛洞庭⑬，上

---

① 金陵：今南京市。 ② 秋浦、浔阳：县名。秋浦即今安徽池州市，浔阳为今江西九江市。 ③“天宝”句：天宝是唐玄宗年号，天宝十四载为公元755年。 ④ 安禄山：奚族人，曾发动历史上著名的“安史之乱”，后被杀。 ⑤ 永王璘：即李璘，唐玄宗子，封永王，“安史之乱”时为江南四道节度使，经营东南军事，为其兄唐肃宗所忌，后兵败被杀。 ⑥ 丹阳：唐郡名，今江苏镇江市。 ⑦ 宿松：县名，今属安徽省。 ⑧ 宣抚大使、御史中丞：都是官名。崔涣：博陵安平（今河北深县）人。“安史之乱”爆发时任巴西太守，唐玄宗逃成都，以迎驾功拜门下侍郎、同中书门下平章事（宰相）。肃宗时官余杭太守、江东采访御史等。唐代宗时终于道州刺史。宋若思：唐玄宗至肃宗时历任监察御史、御史中丞。 ⑨ 贳（shì 世）：赦免。 ⑩ 河南：指唐代河南道，辖今河南、山东及安徽、江苏的一部分。 ⑪ 乾元：唐肃宗年号（758—760）。 ⑫ 夜郎：地名，在今贵州遵义附近。 ⑬ 洞庭：湖名，在今湖南省北部。

峡江①，至巫山②，以赦得释，憩岳阳③、江夏④，久之，复如浔阳，过金陵，徘徊于历阳⑤、宣城二郡⑥。其族人李阳冰为当涂令⑦，白过之，以病卒，年六十有四，是时宝应元年也⑧。其始终所更涉如此，此白之诗书所自叙可考者也。

范传正为白墓志⑨，称白"偶乘扁舟，一日千里，或遇胜景，终年不移"，则见于白之自叙者，盖亦其略也，《旧史》称白山东人⑩，为翰林待诏；又称永王璘节度扬州，白在宣城谒见，遂辟为从事⑪。而《新书》又称白流夜郎，还浔阳，坐事下狱，宋若思释之者，皆不合于白之自叙。盖史误也。

白之诗连类引义，虽中于法度者寡，然其辞闳肆隽伟，殆骚人所不及，近世所未有也。《旧史》称白"有逸才，志气宏放，飘然有超世之心"，余以为实录。而《新书》不著其语，故录之，使览者得详焉。

---

① 峡江：长江自今重庆奉节县瞿塘峡以下，称峡江。 ② 巫山：在今重庆巫山县东，其下是长江巫峡。 ③ 岳阳：今湖南岳阳市。 ④ 江夏：古代郡名，唐置鄂州，今湖北武汉市。 ⑤ 历阳：今安徽和县。 ⑥ 宣城：今安徽宣城市。 ⑦ 当涂：今安徽当涂县。 ⑧ 宝应：唐代宗年号(762—763)。 ⑨ 范传正：唐宪宗元和时人，曾做宣歙观察使。墓志：刻于石上，埋于墓中的志墓文。 ⑩《旧史》及下文《新书》，分别指《旧唐书》和《新唐书》的《李白传》。下同。 ⑪ 从事：官名，为幕府佐吏。

【翻译】

《李白诗集》三十卷，旧本有诗七百七十六篇。今有诗一千〇一篇、杂著六十篇，是知制诰常山宋敏求字次道所增补的。次道既已按门类增补了李白诗，自己又作了序，然而没有考核李白作品写作的年代先后。我得到这部书，便考证各篇作年，按先后重新编排。

李白是蜀郡人，最初隐居在岷山，出蜀后居住在襄阳、汉水一带，南游江淮流域，又到楚地观览云梦泽。安陆许氏，即唐高宗朝宰相许圉师家，将女儿嫁给李白，李白因而留居安陆三年。离开安陆后，便到齐鲁，住在徂徕山下竹溪。然后到吴，由吴赴长安，唐玄宗听说他的诗歌盛名，于是召见他，授予翰林供奉。不久，因与玄宗不和，离开长安。他于是北到赵、魏、燕、晋，西走岐、邠，经过商於，然后到达洛阳，而以在梁住的时间最久。离梁之后，又重游齐鲁，而后南下，渡过淮水、泗水，再到吴地，又迁移到金陵，接着上秋浦、浔阳。天宝十四年，安禄山叛乱，第二年，唐玄宗流亡到蜀，永王李璘为东南一带的节度使，当时李白隐居庐山，李璘胁迫他到幕府。李璘的军队在丹阳失败，李白逃亡到宿松，获罪被拘押在浔阳狱中。宣抚大使崔涣与御史中丞宋若思审理李白的案子，认为他的罪轻宜于赦免，而宋若思的军队这时正开赴河南作战，于是便将李白从监狱中释放出来，让他在自己幕府参谋军事，并向唐肃宗上书，推荐李白，认为他的才干可以任用，但无回答。这时李白已经五十七岁了。乾元元年，李白终因李璘事被长期流放到夜郎。他于是乘船渡洞庭，上长江三峡，到达巫山，遇赦被释放，又折回到岳阳、江夏休养。过了很久，再去浔阳，经过金陵，往来于历阳、宣城两郡之间。李白的族人李阳冰作当涂县令，李白去投靠他，因病去世，享年六十四岁，这时是在宝应元年。李白一生的漂泊经历如上所述，这是从他诗歌、文章的自叙中可以考知的。

范传正给李白作墓志，说李白“偶尔乘小船，一天飞渡千里，而有时遇上名胜风景，又一年也不离去”，从李白的自叙来看，大略是如此。《旧史》说李白是山东人，做翰林待诏；又称永王李璘为扬州节度大使，李白在宣城拜见他，李璘于是召他为幕府从事。而《新书》又说李白流放夜郎，回到浔阳，因事获罪入狱，宋若思释放了他，都不符合李白的自叙。大概是史书记载错误。

李白的诗歌联系相类的事物抒发感情，虽然符合作诗规则的很少，然而他的文辞博大奔放，隽拔奇伟，大约其他诗人都赶不上，近代也没有见到。《旧史》说李白“有放逸之才，他的志向气魄，宏大奔放，飘飘然有超越世俗的心”，我认为这是真实的记录。而《新书》没有写入这些话，所以把它摘录出来，使读者对李白能有更详细的了解。

赠黎安二生序

本文是作者写给姓黎和姓安的两个年轻人(所以称“二生”)的赠序。所谓“赠序”，就是送别时给亲属或友人的赠言，于是形成一种文体。在文中，曾巩赞扬了黎、安二生的文章，并因为他们作古文而遭人耻笑，指出了古与今、儒道与世俗之间的矛盾，实际上是启发和勉励他们“信乎古”、“志于道”，接受优良的传统，而不必因为被人笑话或处境困顿，便与世俗时风同流合污。因此，这篇文章表现了曾巩在当时古文运动中的坚定立场，具有积极意义。文章写得层次分明，言简意赅，曲折有致。

赵郡苏轼[1]，余之同年友也[2]，自蜀以书至京师遗余[3]，称蜀之士曰黎生、安生者。既而黎生携其文数十万言，安生携其文亦数千言，辱以顾余[4]。读其文，诚闳壮隽伟，善反复驰骋，穷尽事理，而其才力之放纵，若不可极者也。二生固可谓魁奇特起之士，而苏君固可谓善知人者也。

顷之，黎生补江陵府司法参军[5]，将行，请予言以为赠。余曰："余之知生，既得之于心矣，乃将以言相求于外耶？"黎生曰："生与安生之学于斯文[6]，里之人皆笑以为迂阔，今求子之言，盖将解惑于里人。"余闻之，自顾而笑。夫世之迂阔，孰有甚于予乎？知信乎古而不知合乎世，知志乎道而不知同乎俗，此余所以困于今而不自知也。世之迂阔，孰有甚于予乎？今生之迂，特以文不近俗，迂之小者耳，患为笑于里之人；若余之迂大矣，使生

---

① 赵郡苏轼：苏轼（1037—1101），眉州眉山（今四川眉山）人，宋代杰出诗人，又是唐宋古文八大家之一。"赵郡"是他的郡望，即苏轼的远祖原籍赵郡（今河北栾城，古属赵州）。② 同年：同榜中第的人，互称"同年"。曾巩与苏轼都是宋仁宗嘉祐二年（1057）的进士。 ③ 遗（wèi 卫）：给予。 ④ 辱：在这里是表示谦虚的词。 ⑤ 江陵府：今湖北江陵县。司法参军：官名，掌管议法断刑。 ⑥ 斯文：指当时欧阳修、苏轼所倡导的古文，所以被习尚骈文的人笑为"迂阔"。

持吾言而归，且重得罪，庸讵止于笑乎？然则若余之于生，将何言哉？谓余之迂为善，则其患若此；谓为不善，则有以合乎世，必违乎古，有以同乎俗，必离乎道矣。生其无急于解里人之惑，则于是焉，必能择而取之。遂书以赠二生，并示苏君，以为何如也。

【翻译】

赵郡苏轼，是我同年及第的朋友，从蜀中写信到京师给我，称赞蜀中的读书人黎生、安生。不久黎生带着自己写的文章数十万字，安生带的文章也有数千字，屈尊前来看望我。我读了他们的文章，确实宏大壮阔，隽拔雄伟，善于反复论辩，充分表达事物及其道理，而他们才气笔力的奔放纵逸，好像不可穷尽似的。二生的确可以说是超拔奇伟而又杰出的读书人，苏君的确可以说是善于发现人才的了。

最近，黎生补任江陵府的司法参军，将要赴任时，请求我写几句话作为临别赠言。我说："我对你的了解，既然已在内心深处了，还需要求我用言语表露于外么？"黎生回答说："我和安生学写古文，家乡的人都耻笑，说是迂阔不切实际，如今求得先生的话，是要用来解除他们的疑惑。"我听了，不觉自顾而笑。世上的迂阔不切实际，还有谁比得过我呢？只知道笃信古代而不知道合乎当今，只知道立志学儒道而不知随同世俗，这就是我目前之所以困顿而不知醒悟的地方。世上的迂阔不切实际，还有谁比得过我呢？如今你的迂阔，不过由于文章不近世俗，这只是很小的迂阔，尚且忧虑被家乡的人耻笑；像我的迂阔可就大了，假使你带着我的话回去，必将更加得罪他们，岂只是被耻笑就算了事呢！那么像我这样的人，对你还要说些什么呢？要说我的迂阔是好的，那么它的害处已如上所说；要说我的迂阔不好，那么迎合了当今，必将违背古人，苟同于世俗，又必将背离儒道。你且不必急于要解除家乡人的疑惑，那么对于这个问题，就必定能够正确地加以选择了。于是我便把这些话写出来赠给二生，并请苏君看看认为怎么样。

送李材叔知柳州序

李材叔，即李献卿，材叔是他的字。献卿曾知阆州（今四川阆中），见曾巩《阆州张侯庙记》。这是作者送李献卿知柳州（今属广西）时作的一篇赠序。在文中，曾巩指出了历来不愿到偏远地方做官的陋习，即便是不得已而去，也是尚未出发就在计算归期，所以到官之后必然是动摇、懈怠，致使偏远的地方愈加落后。接着，作者列举了柳州一带丰富的物产和淳朴的民风，鼓励李献卿安心、愉快地前去上任，改变那里的落后面貌，做出一番成绩来。由此可见作者开阔的胸怀和强烈的事业心。文章列举事实，心平气和，读来亲切感人。

谈者谓南越偏且远①，其风气与中州异②。故官者皆不欲久居，往往车船未行，辄已屈指计归日。又咸小其官，以为不足事。其逆自为虑如此，故其至皆倾摇解弛③，无忧且勤之心。其习殆从古而尔，不然，何自越与中国通已千余年，而名能抚循其民者，不过数人邪？故越与闽、蜀④，始俱为夷，闽、蜀皆已变，而越独尚陋，岂其俗不可更与？盖吏者莫致其治教之意也。噫！亦其民之不幸也已。

彼不知繇京师而之越，水陆之道皆安行，非若闽溪、峡江、蜀栈之不测。则均之吏于远，此非独优欤？其风气吾所谙之，与中州亦不甚异。起居不违其节，未尝有疾；苟违节，虽中州宁能不生疾邪？其物产之美，果有荔子、龙眼、蕉、柑、橄榄，花有素馨、山丹、含笑之属，食有海之百物，累岁之酒醋，皆绝于天下。人少斗讼，喜嬉乐。吏者唯其无久居之心，故谓之不可；如其有久居之心，奚不可邪？

古之人为一乡一县，其德义惠爱尚足以薰蒸渐泽，今大者专一州，岂当小其官而不事邪？令其得吾说而思

---

① 南越：今广东、广西一带。 ② 中州：泛指黄河中游地区。 ③ 解：通“懈”(xiè)，怠慢。 ④ 闽：今福建省，蜀：今四川省。

之，人咸有久居之心，又不小其官，为越人涤其陋俗而驱于治，居闽蜀上，无不幸之叹，其事出千余年之表，则其美之巨细可知也。然非其材之颖然迈于众人者不能也。官于南者多矣，予知其材之颖然迈于众人，能行吾说者，李材叔而已。

材叔又与其兄公翊仕同年，同用荐者为县，入秘书省为著作佐郎①。今材叔为柳州，公翊为象州②，皆同时，材又相若也，则二州交相致其政，其施之速、势之便，可胜道也夫！其越之人幸也夫！其可贺也夫！

【翻译】

谈论的人总是说南越又偏又远，那里的风俗和气候条件与内地不同，所以前去做官的都不愿意久居，往往是车船还没有出发，就已经在弯着指头计算归期了。又都瞧不起那里的官位，认为没有什么当头。去的人先就这么考虑，所以到任后都动摇懈怠，没有为公务忧虑和操劳的心肠。这种恶习大约从古就是这样了，不然的话，为什么从越地与中原连为一体已有千多年，而能够

---

① 秘书省：官署名，掌常祀祝版，元丰以后又掌图书、国史、天文等事。著作佐郎：官名，属秘书省。 ② 象州：今广西象州县。

以安抚治理越民得名的，只不过才几个人呢？所以越与闽、蜀，原先同是蛮夷之地，闽、蜀都已经变化了，而唯独越还落后，难道是越地的习俗不可更改吗？大概是那里的官吏没有使它得到治理教化的心意罢了。唉，这也是越民的不幸啊。

那些官吏不了解由京师出发到南越，水路陆路都可以安全通行，不像闽中溪涧、三峡长江、蜀山栈道那么险恶不测。同样是到远地做官，到南越不是格外优越么？越地的风土条件我是熟悉的，与中原也没有大的差别。只要日常生活不违背当地的节令，就不会有病；假如违背了节令，虽是生活在内地，又岂能不生病呢？南越物产中的佳品，水果有荔枝、龙眼、香蕉、柑橘、橄榄，花有素馨、山丹、含笑之类，食物有海中的各种产品，陈酒老醋，都称绝于天下。越人很少争斗诉讼，喜欢玩乐。做官的只因他没有久居的心，所以说那儿不行；假如他有长久呆下去的打算，又有什么不可以的呢？

古时候的人做官，就是治理一乡一县，他所留下的道德节义和恩惠仁爱，还足以熏染浸润，产生长久的影响。如今大到去主持一州，怎能瞧不起那里的官位而不愿干呢？如果让这种人听听我所说的道理而考虑考虑，人人都有长期呆下去的打算，又不鄙视那里的职位，为越人除去落后习俗而达到治理，使越居于闽、蜀之上，没有以去越为不幸的感叹，所作出的业绩高出千多年来的水平，那么他的美名的大小，便可想而知了。然而他的才能若不是很突出，超出于一般人，是不能够做到的。在南方做官的人很多，我知道他们中才能突出而超越众人，能够按我前面所说去做的，只有李材叔而已。

材叔又与他的兄长公翊同年开始做官，一起因人推荐而为知县，入秘书省为著作佐郎。如今材叔出知柳州，公翊知象州，又是同时，才能又相似，两州各相致力于政教，那么他们施行政令的迅速，形势的便利，可以说得完么！这是越人的幸运，真是值得祝贺啊！

送蔡元振序

蔡元振初仕，去汀州为从事（州的属官），因而作者在送行之际论述了古今从事官的任命方法和任职态度的完全不同，最后对蔡元振提出了希望。古代的从事官是州官自己招聘，所以能够互相配合，关系融洽。宋代改为朝廷任命，弊病在都不负责。如果州官没有治理好，从事官负起责来，便被攻击为“立异”，为“侵官”，于是只好事不关己，不闻不问，以求一致。作者批驳了这种观点，认为从事官在这种情况下应当自任其责，并以此期望蔡元振。从这篇序中，可以看出曾巩对国事民政强烈的责任心。

古之州从事，皆自辟士，士亦择所从，故宾主相得也。如不得其志，去之可也。今之州从事，皆命于朝，非惟守不得择士，士亦不得择所从，宾主岂尽相得哉？如不得其志，未可以辄去也。故守之治，从事无为可也；守之不治，从事举其政，亦势然也。议者不原其势，以为州之政当一出于守，从事举其政则为立异、为侵官。噫！从事可否其州事，职也，不惟同守之同，则舍己之是而求与之同，可乎？不可也。州为不治矣，守不自任其责，己亦莫之任也，可乎？不可也。则举其政，其孰为立异邪？其孰为侵官邪？议者未之思也。虽然，迹其所以然，岂士之所喜然哉？故曰亦势然也。

今四方之从事，惟其守之同者多矣。幸而材，从事视其政之缺，不过室于叹、途于议而已，脱然莫以为己事。反是焉则激，激亦奚以为也？求能自任其责者少矣。为从事乃尔，为公卿大夫士于朝，不尔者其几邪？

临川蔡君从事于汀①，始试其为政也。汀诚为治州也，蔡君可拱手而坐也；诚未治也，人皆观君也。无激也，无同也，惟其义而已矣，蔡君之任也。其异日官于朝，一于是而已矣，亦蔡君之任也，可不懋欤？其行也，来求吾文，故序以送之。

---

① 汀：即汀州，治所在今福建长汀县。

【翻译】

古代州里的助理官，都是州太守自己招聘人员，士人也可以选择自己所依附的上司，所以上下互相配合得很好。假如幕佐觉得不能施展抱负，离开就是了。如今州里的助理官，都是由朝廷任命，不仅太守不能挑选下属，就是士人也不能选择上司，宾主难道都能配合得很好吗？假如幕僚觉得不如意，又不可以随便离开。因此太守如果把州事治理得好，佐理官不管事倒也可以；如果太守治理得不好，佐理官把政务抓起来，也是势所当然。然而爱发议论的人往往不考察所以如此的原因，认为州里的政务应当由太守一人包揽，助理官办理政务，便是标新立异，便是越权。唉！助理官赞不赞成州里的事务，是他的职责，不能只是为与太守保持一致，便放弃自己的正确主张而与他表面相同，这样做可以么？当然不可以。州事没有治理好，太守不自己负起责任，助理官也不负责，这样做可以么？当然不可以。因此，助理官把州中政务抓起来，这哪里是为了标新立异呢？又哪里是超越权限呢？发议论的人没有考虑这些道理。尽管如此，追究所以出现这情况的根源，哪里是身为助理官的士人所情愿的呢？所以说也是形势逼迫这样做罢了。

如今各地的助理官，只求保持与太守一致的人很多。幸而遇到有才能的，看到了太守行政的缺点，也只不过是在家中感叹，在路上议论一下而已，很超脱的样子，不认为这也是自己的事。与这相反的便是采取过激的做法，过激又起什么作用呢？要找能够自己也负起责任的就太少了。做佐理官是这样，身为公卿大夫、在朝廷做官的，不如此的又有几个呢？

临川蔡君要到汀州去任佐理官，这是他初次从政做官。汀州要真是已治理得很好，蔡君可以拱着手端居其位；若真是州政还没有治理好，大家都要看蔡君了。不要过激，不要强求相同，只以义为标准罢了，这便是蔡君任职的态度。将来到朝廷做官，一切也以此为标准，同样是蔡君任职的态度，所建功业能不大么？蔡君要出发了，来向我求文章，所以作这篇序为他送行。

与王介甫第一书

这封信作于宋仁宗庆历六年(1046),曾巩二十八岁。从书中,我们可以看出作者与欧阳修、王安石的深厚友谊。他们或奖掖后进,或关心朋友,一起切磋文章,亦师亦友,情同手足。故书信虽短,却读来感人。尤其是欧阳修对王安石文章的意见,要他"勿用造语及模拟前人",提出学习前人不必形似,应"取其自然",这对矫正宋初以来某些古文家的不良习气,发展平实流畅的文风,有着重要的理论和实践意义。

巩启：近托彦弼、黄九各奉书①，当致矣。巩至金陵后②，自宣化渡江来滁上③，见欧阳先生，住且二十日。今从泗上出，及舟船侍从以西。欧公悉见足下之文④，爱叹诵写，不胜其勤。间以王回、王向文示之⑤，亦以书来，言"此人文字可惊，世所无有。盖古之学者有或气力不足动人，使如此文字，不光耀于世，吾徒可耻也"。其重之如此。又尝编《文林》者，悉时人之文佳者，此文与足下文多编入矣。至此论人事甚众，恨不与足下共讲评之，其恨无量，虽欧公亦然也。欧公甚欲一见足下，能作一来计否？胸中事万万，非面不可道。

巩此行至春，方应得至京师也，时乞寓书慰区区。疾病尚如黄九见时⑥，未知竟何如也。心中有与足下论者，想虽未相见，足下之心潜有同者矣。欧公更欲足下少开廓其文，勿用造语及模拟前人，请相度示及。欧云：

---

① 彦弼：当是人的字号，不详是谁。黄九：也不详。 ② 金陵：今江苏南京。 ③ 宣化：地名，所在未详，据文意当在今南京市附近。滁：今安徽滁州，当时欧阳修知滁州。 ④ 足下：代指对方的敬辞。 ⑤ 王回、王向：作者友人，曾向欧阳修推荐他们的文章。两兄弟是福州侯官县（今福建福州）人，侍御史王平子。王回（1023—1065），字深父，举进士，官知陈州南顿县；王向，曾官峡州硖石县主簿。见曾巩《王深父文集序》、《金华县君曾氏墓志铭》。 ⑥"疾病"句：作者头年秋冬曾患肺气病，这里即指其事，见《代书寄赵宏》诗。

“孟、韩文虽高，不必似之也，取其自然耳。”余俟到京作书去，不宣。巩再拜。

【翻译】

曾巩述道：最近我托彦弼、黄九分别给你带信，想来应已送到了。我到金陵之后，从宣化渡长江来到滁州，拜见欧阳修先生，住了将近二十天。如今从泗水离开滁州，同欧公乘船向西去。欧公全看了足下的文章，珍爱赞叹，又读又抄，没有比他更勤奋的了。我乘便将王回、王向的文章给欧公看，欧公也已写信来，说“这两人的文章惊人，世上再没有这么好的了。大约是学古文的人力量还不足以感动有关方面，使这样好的文章，未能显耀于今世，真是我们这些人的耻辱”。他看重二人如此。欧公又编纂了《文林》一书，全是收的当今作者的好文章，王回、王向的文章和你的作品，许多都已收进去了。在滁州，我们谈论人世上的事情很多，只恨没有能够与你一起讲说评议，这遗憾真是无法估量，即使欧公也是这样。欧公很想见一见你，你能够作来一趟滁州的打算不？心中想要说的事真是成千上万，不见面便无法说尽。

我这次的行程，要到明年春天，才可能到达京师，请你时常寄信来，以安慰我的心。我的疾病，还像黄九见面时那样，不知道还会怎么样。心中有许多想与足下谈论的，想来虽是没有见面，足下的心一定与我暗合。欧公还希望足下把文章写得再稍稍开廓大气些，不要雕琢语言和模仿前人，请你考虑并谈谈看法。欧公说："孟子、韩愈的文章虽然很高，但没必要与他们相似，应当取其自然。"其余的等到京师后再写信谈，这里不细述。曾巩再拜。

寄欧阳舍人书

仁宗庆历四年(1044),曾巩给欧阳修写信,请他为其祖父曾致尧作神道碑;庆历六年,欧阳修作了《尚书户部郎中赠右谏议大夫曾公神道碑铭》一文,这封书信便是对此表示感谢的。书作于庆历七年,曾巩二十九岁。作者在书中论述了铭志文的作用和后来流于不实的原因,指出作好铭志文应具备的条件,赞扬了欧阳修为他祖父所作墓碑铭的"公与是",并对欧阳修的道德文章深表钦佩。作者关于铭志文的产生和演变的分析,对我们认识这一重要文体颇有帮助。他认为要写出既公正又真实、能流传后世的铭志文,必须富于道德修养,同时要"文章兼胜”，两者缺一不可。这实际上表明了曾巩的文学观点。行文纡徐曲折，在曾巩的散文中，有人推这篇为第一。

巩顿首再拜舍人先生①：去秋人还，蒙赐书及所撰先大父墓志铭②。反复观诵，感与惭并。

夫铭志之著于世，义近于史，而亦有与史异者。盖史之于善恶无所不书，而铭者，盖古之人有功德材行志义之美者，惧后世之不知，则必铭而见之。或纳于庙，或存于墓，一也。苟其人之恶，则于铭乎何有？此其所以与史异也。其辞之作，所以使死者无有所憾，生者得致其严。而善人喜于见传，则勇于自立；恶人无有所纪，则以愧而惧。至于通材达识，义烈节士，嘉言善状，皆见于篇，则足为后法。警劝之道，非近乎史，其将安近？

及世之衰，为人之子孙者，一欲褒扬其亲而不本乎理，故虽恶人，皆务勒铭以夸后世。立言者既莫之拒而不为，又以其子孙之所请也，书其恶焉，则人情之所不得，于是乎铭始不实。后之作铭者，常观其人。苟托之

---

① 顿首：以头叩地的一种拜见礼。这里是表示对对方尊敬的套语。舍人：指起居舍人，官名。 ② 先大父：已去世的祖父，指曾致尧。墓志铭：刻石埋在墓中的志墓文。

非人，则书之非公与是，则不足以行世而传后。故千百年来，公卿大夫至于里巷之才，莫不有铭，而传者盖少。其故非他，托之非人，书之非公与是故也。

然则孰为其人而能尽公与是欤？非畜道德而能文章者无以为也。盖有道德者之于恶人，则不受而铭之，于众人则能辨焉。而人之行，有情善而迹非，有意奸而外淑，有善恶相悬而不可以实指，有实大于名，有名侈于实。犹之用人，非畜道德者恶能辨之不惑[①]、议之不徇？不惑不徇，则公且是矣。而其辞之不工，则世犹不传，于是又在其文章兼胜焉。故曰非畜道德而能文章者无以为也。岂非然哉？

然畜道德而能文章者，虽或并世而有，亦或数十年或一二百年而有之。其传之难如此，其遇之难又如此。若先生之道德文章，固所谓数百年而有者也。先祖之言行卓卓，幸遇而得铭其公与是，其传世行后无疑也。而世之学者，每观记传所书古人之事，至其所可感，则往往衋然不知涕之流落也[②]，况其子孙也哉？况巩也哉？其追睎祖德而思所以传之之繇[③]，则知先生推一赐于巩而及其三世。其感与报，宜若何而图之？

---

① 恶（wū 乌）：怎么。 ② 衋（xì 细）然：伤痛的样子。
③ 睎（xī 希）：望，仰慕。

抑又思若巩之浅薄滞拙，而先生进之；先祖之屯蹶否塞以死①，而先生显之。则世之魁闳豪杰不世出之士，其谁不愿进于门？潜遁幽抑之士，其谁不有望于世？善谁不为？而恶谁不愧以惧？为人之父祖者，孰不欲教其子孙？为人之子孙者，孰不欲宠荣其父祖？此数美者，一归于先生。既拜赐之辱，且敢进其所以然。所谕氏族之次②，敢不承教而加详焉。幸甚，不宣。巩再拜。

【翻译】

曾巩叩头拜上舍人先生：去年秋天派到你那儿去的人回来，承蒙你赐给我书信以及所作我先祖父的墓志铭。我反复阅读，真是感慨与惭愧交集。

墓志铭之所以在世上出名，是因为它的性质与史传相近，但也有与史传不同之处。大概史传对好人坏人没有不写进去的，而墓志铭，则是古人对有功业道德、有才能贡献和志气节义的杰出人物，怕后世不知道，因而一定要用铭文表现出来。有的放置在祖庙中，有的保存在墓穴里，用意是一样的。假如死者生前很坏，也为他作

---

① 屯（zhūn 谆）蹶否（pǐ 痞）塞：屯、否是《易经》中的二卦名，谓艰难、隔塞。“蹶”是跌倒，比喻失败。 ②“所谕”句：指欧阳修《论氏族书》（见《欧阳文忠公文集》卷四七）中所指出的曾巩自叙先世世次不确切之处。

墓志铭，又有什么意义呢？这就是墓志铭与史传不同的地方。写作墓志铭，要让死者没有遗憾，让生者得以表达尊敬之情。善良的人乐于自己的事迹将来能流传下去，于是努力修身立业；坏人没有可记载的，那么也会因此感到惭愧和畏惧。至于有精通的才能、明达的学识的人，以及有节操的义士烈士，他们的美好言论、善良事迹，都在志铭文中记载下来，便足以成为后人效法的楷模。如此看来，志铭文警世劝俗的作用，不近于史传，又接近什么呢？

到世道衰微之后，为人子孙的，一心想要赞美他的亲人，而不遵循建墓铭的原则。所以即使是坏人，都一定要刻铭以向后世夸耀。作文章的人既不能拒绝不写，又因为是他子孙所请求的，要是写上死者的坏处，人情上又过不去，因此墓志铭便开始不真实了。后来作墓志铭的，常常要看是什么样的人所托。假如所托的人不适当，那么写出来就不会公正和真实，因而也就不足以流布当世并传播于后代。所以千百年来，从公卿大夫到街巷百姓，死后没有不写墓志铭的，然而传世之作却很少。那原因不是别的，就在于所托的人不好，写的文辞既不公正也不真实的原故。

那么要怎样的人才能写得极其公正和真实呢？若不是富于道德修养和善于写文章的人，便不能做到。因为有道德的人对于坏人，便不接受为他作志铭的请求，对于一般人则能够分辨他的好坏真假。人的表现，有心好而做事效果差的，有心术不正而表面善良的，有善恶两者差别很大而难以具体指明的，有实大于名的，有名超过实的。这好比用人，要不是富于道德的人，怎能做到明辨是非而不被表面现象迷惑，评议公正而不屈从私情？只要不迷惑、不屈从，便能公正并且真实了。然而要是他的文辞写得不好，那么仍然不能流传于世。于是又要看他是否兼长写文章。所以说若不是富于道德修养和善于写文章的人，便不能做到公正真实。难道不是这样么？

然而富于道德又能写文章的人，虽有可能同时出现，但也可能数十年或一二百年方才产生。墓志铭能传世是这样的困难，而遇上好的撰写者又是这样的困难。像先生这样的道德文章，的确是所谓数百年才能有的。我先祖的言行杰出，又有幸遇到先生写的墓志铭如此公正和真实，这篇墓志文能传布当世、流播后人是毫无疑问的了。世上的读书人，每当阅读志铭文所写的古人事迹，到那可以感动人的地方，便往往悲痛得不知不觉落下眼泪，何况他的子孙呢？又何况我曾巩呢？当我追念先祖的德业并想到这些事迹能够流传下去的原因时，便知道先生对我的恩赐将推延到我祖孙三代。那么我又应该怎样来感激和报答先生呢？

而且我又想，我这么浅薄笨拙，而先生提携我进步；先祖一生艰难颠沛直到死，而先生使得他显耀。那么世上那些奇伟博大、豪迈杰出、一代难得的人才，谁不愿进于先生门下？那些隐居避世和压抑埋没的人，谁不因此而希望为世所用？善事谁不愿意去做？做了坏事谁会不感到惭愧畏惧？为人父祖的，谁不想教好他的子孙？为人子孙的，谁又不想让他的父祖荣耀？这许多美善之事，都归功于先生。既拜谢先生的恩赐，并敢于进奉这封信说明所以感谢的原因。先生所指出的关于曾氏世次失序的问题，我岂敢不接受教诲而把它叙述得更详细一些。给先生上书，深感幸运，不一一细述。曾巩再拜。

与孙司封书

这封信当作于宋仁宗皇祐五年(1053),曾巩三十五岁。皇祐四年,广南西路(今广西壮族自治区)西南部少数民族首领侬智高举兵攻打邕州(今广西南宁),当时邕州司户参军孔宗旦在事发前将家属撤往桂州(今桂林),所以他虽然在守城中被俘而壮烈牺牲,却未能获得嘉奖。作者给时任广南西路转运使的孙抗写这封信,便是专门为孔宗旦辩诬的。作者在信中列举孔宗旦多次向邕州知州陈拱进言,要他防备侬智高,但都遭拒绝的事实,说明孔宗旦有先见之明,后又壮烈牺牲,应是有功而无过。作者特别肯定孔宗旦的敢于说话,谴责当时的很多官僚或者苟且偷安，不听忠言；或者为了保持禄位，隐而不言。作者指出："当世之患，莫大于人不能言与不肯言，而甚者或不敢言。"这无疑是很正确的。本文的论说，逻辑性很强，通过正面、反面设论，层层阐述，有理有据，极富说服力。作者这时身为普通百姓，却仗义执言，表现了他关心国家大事、敢于伸张正义的精神。何焯《义门读书记》说本文反复驰骤，是作者最有光焰的文章，不减韩愈《张中丞传后叙》，可供我们阅读时参考。

运使司封阁下①：窃闻侬智高未反时②，已夺邕邑地而有之，为吏者不能御，因不以告。皇祐三年，邕有白气起庭中，江水横溢，司户孔宗旦以为兵象，策智高必反，

---

① 运使：即转运使，官名，由中央派到各路经办财赋及监察各州官吏。司封：即司封郎中，官名，主管封爵、赠官等，当时仅是"寄禄官"，并非实职。孙司封，即孙抗。抗字和叔，黟（今安徽黟县）人。侬智高叛乱时任广南西路转运使，以平叛之劳迁尚书司封员外郎。阁下：对人的敬称。 ② 侬智高：人名，少数民族首领，占据今广西与越南交界一带，庆历元年（1041）建大历国，皇祐四年起兵反宋，攻至广州。第二年，宋派狄青等领兵破之。

以书告其将陈拱。拱不听，宗旦言不已。拱怒，诋之曰："司户狂邪？"四年，智高出横山①，略其寨人，因其仓库而大赈之。宗旦又告曰："事急矣，不可以不戒。"拱又不从。凡宗旦之于拱，以书告者七，以口告者多至不可数。度拱终不可得意，即载其家走桂州，曰："吾有官守不得去，吾亲毋为与死此。"既行之二日，智高果反，城中皆应之。宗旦犹力守南门，为书召邻兵，欲拒之。城亡，智高得宗旦，喜欲用之，宗旦怒曰："贼！汝今立死，吾岂可污邪！"骂不绝口。智高度终不可下，乃杀之。

当其初，使宗旦言不废，则邕之祸必不发。发而吾有以待之，则必无事。使独有此一善，固不可不旌，况其死节堂堂如是，而其事未白于天下。比见朝廷所宠赠南兵以来伏节死难之臣，宗旦乃独不与，此非所谓"曲突徙薪无恩泽，焦头烂额为上客"邪②？

---

① 横山：山名，在今广西南宁市东，宋曾在这里设置横山寨，为军事要地。 ②"此非"两句：相传齐国人淳于髡见邻人的烟囱太直，旁边堆了很多柴草，于是劝他把直烟囱改成曲烟囱，搬走柴草，否则有失火的危险。邻人不听，后来果然失了火，幸好被大家扑灭。于是邻人杀牛置酒庆功，淳于髡无功，凡救火中被烧得焦头烂额的方为上客。见《淮南子·说山》高诱注、《汉书·霍光传》。后来比喻有先见之明的无功、临时平难才有赏的怪现象。

使宗旦初无一言，但贼至而能死不去，固不可以无赏。盖先事以为备，全城而保民者，宜责之陈拱，非宗旦事也。今猥令与陈拱同戮，既遗其言，又负其节。为天下者，赏善而罚恶；为君子者，乐道人之善，乐成人之美。岂当如是耶？凡南方之事，卒至于破十余州，覆军杀将，丧元元之命，竭山海之财者，非其变发于隐伏，而起于仓卒也。内外上下有职事者，初莫不知，或隐而不言，或忽而不备，苟且偷托，以至于不可御耳。有一人先能言者，又为世所侵蔽，令与罪人同罚，则天下之事，其谁复言耶？

闻宗旦非独以书告陈拱，当时为使者于广东西者，宗旦皆历告之。今彼既不能用，惧重为己累，必不肯复言宗旦尝告我也。为天下者，使万事已理，天下已安，犹须力开言者之路，以防未至之患。况天下之事，其可忧者甚众，而当世之患，莫大于人不能言与不肯言，而甚者或不敢言也。则宗旦之事，岂可不汲汲载之天下视听，显扬褒大其人，以惊动当世耶？

宗旦喜学《易》，所为注有可采者。家不能有书，而人或质问以《易》，则贯穿驰骋，至数十家，皆能言其意。事祖母尽心，贫几不能自存。好议论，喜功名。巩尝与之接，故颇知之。则其所立，亦非一时偶然发也。世多非其在京东时不能自重①，至为世所指目，此固一眚②。今其所立，亦可赎矣。

巩初闻其死之事，未敢决然信也。前后得言者甚众，又得其弟自言，而闻祖袁州在广东亦为之言③，然后知其事，使虽有小差，要其大概不诬也。况陈拱以下皆覆其家，而宗旦独先以其亲遁，则其有先知之效可知也。以其性之喜事，则其有先言之效亦可知也。

以阁下好古力学，志乐天下之善，又方使南方，以赏罚善恶为职，故敢以告。其亦何惜须臾之听，尺纸之议，博问而极陈之。使其事白，固有补于天下，不独一时为宗旦发也。伏惟少留意焉。如有未合，愿赐还答。不宣。巩顿首。

【翻译】

运使司封阁下：我听说侬智高还没有反叛的时候，已夺取了邕州的一些地方据为己有，在邕州做官的不能

① "世多"句：按《宋史》卷四四六《孔宗旦传》说："始，宗旦官京东，与李师道、徐程、尚同等四人为监司耳目，号为'四瞠'，人多恶之。"此即指其事。 ② 眚（shěng省）：过失。 ③ 祖袁州：即祖无择。祖无择字择之，蔡州上蔡（今属河南）人，曾知袁州（今江西宜春），故称。据《宋史·孔宗旦传》，因祖无择将孔宗旦事上闻，得赠太子中允。

抵御，因而也就不将这事报告朝廷。皇祐三年，邕州有白气从庭院中升起，江水也四处泛滥，司户参军孔宗旦认为这是战争的征兆，预计侬智高必将造反，因而写信给知州陈拱。陈拱不听，宗旦又不停地向他进言。陈拱发怒，骂宗旦道："司户疯了么？"皇祐四年，侬智高带兵越过横山，掠夺横山寨的百姓，利用那里的仓库去救济他的部民。宗旦又告诉陈拱说："事情已紧急了，不能不戒备。"陈拱仍不听从。宗旦用书信向陈拱报告共计七次，口头报告的次数多到无法计算。宗旦考虑陈拱终不能明白自己的忠告，便将他的家属用车送到桂州，说："我有职守不能离开，我的亲人没有理由与我同死在这里。"他的家属走后两天，侬智高果然发动叛乱，邕州城中都响应他。宗旦还是奋力把守南门，写信征调附近的军队，打算抵抗智高。城池陷落后，智高俘获了宗旦，很高兴，想要任用他，宗旦怒斥道："强盗！你死已临头了，我怎能与你同流合污！"骂不停口。智高考虑终究不可能使他屈服，便杀了他。

当初，假使陈拱采用宗旦的忠言，那么邕州的战祸必然不致发生；即便发生了，我方有准备对付他，那么也必然不会有什么大事。即使宗旦只有这一个功劳，本来也不可不表彰，何况他为国而死的气节如此堂堂正正，然而宗旦的事却没有彰明于天下。最近看到朝廷褒奖封赠南方战争以来胸怀气节而为国死难的臣子中，宗旦独独不在其列，这不正是所谓“劝改用曲烟囱和搬开柴火的得不到奖赏，救火时烧得焦头烂额的才能为座上客”么？

假使宗旦当初什么话都不说，只要贼寇来了他能够以死抵抗而不逃去，本来对他已不能不嘉奖。因为出事之前作好防备，以保全城池和人民的，应当是由陈拱负责，而不是宗旦的事。现在却冤枉地让他与陈拱一起担当罪责，既不管他当初的建议，又辜负了他的气节。管理国家的人，应奖赏好人而惩罚坏人；作为一个正直的君子，应乐于称道别人的长处，乐于成全别人的美事。怎么能够不公正到如此地步呢？南方叛乱的事，最后竟发展到侬智高攻破了十余州，打败我军队，杀死我将领，残害了黎民百姓的性命，掠空了积如山海的财物，然而事变的发生却并非隐蔽秘密，也不是突如其来。邕州内外上下有官职的，当初没有谁不知晓，可有的隐藏在心中不说，有的玩忽职守不作准备，大家得过且过，互相推托，最后到了不可抗御的地步。幸而有一人事先能讲话，却又被世人伤害遮蔽，让他与罪人一同受罚，那么天下的事，今后谁还再说话呢？

听说宗旦不只是用书信报告陈拱，当时作为朝廷使者在广东、广西两路的，宗旦都一一告知其事。因他们那时都没有采用宗旦的意见，如今怕加此一事连累自己，必然不肯再承认宗旦曾经报告过自己。治理天下的人，即使万事都已管理得很好，天下已经安定，也还需要努力开放言路，以杜绝因考虑不周造成的祸患。何况天下的事情，值得忧虑的还多得很，而当今的祸患，再没有比人们不能讲话和不愿讲话更大的了，而尤为严重的，是还有人不敢讲话。那么宗旦的事，怎不应该马上让天下人都了解真相，对他进行宣扬褒奖，以此惊世动俗，从而改变风气呢？

宗旦喜欢学《易》，他为《易》作的注有可采之处。家中无力买书，而有人用《易》中的问题问他，宗旦回答能贯穿群书，广征博引达数十家之多，都能说出大意。他侍奉祖母尽心尽力，穷得差点不能生活下去。他爱发议论，乐于建立功名。我曾与他交往，所以很了解他。如此看来，他在邕州能有所建树，也并不是一时偶然的表现。世人多非议他在京东做官时不能自尊自重，以至为世人所憎恶，这自然是他的过错。但他今天有如此建树，也可以将功补过了。

我最初听到宗旦被杀的消息，还不敢马上相信。前后遇到说起这事的人很多，又听他弟弟亲口讲起，还听说祖袁州在广东也为他说话，这才了解了他死的情况，即使有一些小出入，总的说来，大的方面是不会错的。

何况陈拱以下官吏都全家被杀，而唯独宗旦事先让他的亲属逃离邕州，那么他有先见的事便可想而知了。以宗旦平日的性格喜欢谋事，那么他事前有言也可想而知了。

以阁下爱好古道，刻苦学习，乐于表扬天下的善事，又正好出使南方，以赏善罚恶为职务，所以敢于将此事告知。你又何须吝惜片刻工夫听听情况，写一纸奏议，多方调查而极力向朝廷陈述。假如能使宗旦的事得到昭雪，自然会对天下风尚有所补益，并不只是一时专为宗旦奏陈。请对此稍事留意。如果前述与事实有不合之处，望给回信。不细述了。曾巩叩拜。

秃秃记

本文作于宋仁宗庆历三年(1043)十月二十九日，当时作者二十五岁。这是篇墓记，记叙了五岁小儿秃秃惨死于父亲孙齐之手的原因和改葬过程，严厉谴责了禽兽不如的司法官孙齐。孙齐隐瞒了自己已经娶妻的事实，而又一再骗婚，为逃避罪责，他竟亲手杀死自己的儿子。如果说象孙齐这种灭绝人性的衣冠禽兽，仅是当时社会上个别极端的例子的话，那么他在罪行暴露后，靠行贿竟能使案子了结，又一再授官，最后虽下狱，却又因遇赦而逃脱应有的惩处，则不能不说暴露了封建社会法律政令的本质。元代刘壎《隐居通议》卷一四说，这篇记的写法是从《史记》、《汉书》学来的，笔力高妙，文有法度，蜀中很多文人都能背诵。的确，作者继承了司马迁、班固写人物传记的成功经验，以精练的笔墨，着力刻画孙齐狡诈、残忍的性格，使他那卑鄙、凶恶的形象跃然纸上。最后，作者再以简要的议论表明自己的观点，使记叙、议论融为一体，收到画龙点睛的效果，给读者留下深刻的印象。不过议论中关于"夷狄"的说法，是民族偏见的反映，应当摒弃。

秃秃，高密孙齐儿也①。齐明法②，得嘉州司法③。先娶杜氏，留高密，更绐娶周氏④，与抵蜀。罢归，周氏恚齐绐，告县，齐赀谢得释。授歙州休宁县尉⑤，与杜氏俱迎之官。再期，得告归，周氏复恚，求绝，齐急曰："为若出杜氏！"祝发以誓，周氏可之。

齐独之休宁，得娼陈氏，又纳之。代受抚州司法⑥，

---

① 高密：县名，在今山东省。 ② 明法：贡举科目名，在"诸科"中地位最低。 ③ 嘉州：州名，今四川乐山市。司法：即司法参军的简称，置于各州，掌议法断刑。 ④ 绐（dài 代）：欺骗。 ⑤ 歙（shè 社）州：州名，治所在今安徽歙县。休宁县，在歙县西。 ⑥ 抚州：州名，治所在今江西抚州市。

归间周氏，不复见，使人窃取其所产子，合杜氏、陈氏，载之抚州，明道二年正月至①。是月，周氏亦与其弟来，欲入据其署，吏遮以告齐。齐在宝应佛寺受租米，趋归，捽挽置庑下，出伪卷曰："若佣也，何敢尔！"辨于州，不直。周氏诉于江西转运使②，不听。久之，以布衣书里姓联诉事，行道上乞食。

萧贯守饶州③，驰告贯。饶州，江东也，不当受诉，贯受不拒。转运使始遣吏祝应言为覆，周氏引产子为据。齐惧子见事得，即送匿旁方政舍。又惧，则收以归，扼其咽，不死，陈氏从旁引儿足，倒持之，抑其首甕水中乃死，秃秃也。召役者邓旺，穿寝后垣下为坎，深四尺，瘗其中④，生五岁云。狱上更赦，犹停齐官，徙濠州⑤，八月也。

---

① 明道：宋仁宗年号（1032—1033）。 ② 江西：即江南西路。宋真宗天禧四年（1020），分原江南路为东、西二路，简称江东、江西。江南东路治所在江宁府（今南京），江南西路在洪州（今南昌）。抚州属江南西路。 ③ 萧贯：字贯之，临江军新喻（今江西新喻）人，举进士甲科，为官敢作敢为，《宋史》卷四四二有传，传中摘引了本文。饶州：地域主要在今江西上饶地区，治所在鄱阳县（今江西波阳）。 ④ 瘗（yì异）：埋葬。⑤ 濠州：州名，在今安徽凤阳东。《宋史·萧贯传》谓孙齐被编管濠州。

庆历三年十月二十二日，司法张彦博改作寝庐①，治地得坎中死儿，验问知状者，小吏熊简对如此。又召邓旺诘之，合狱辞，留州者皆是，唯杀秃秃状盖不见。与予言而悲之，遂以棺服敛之，设酒脯奠焉。以钱与浮图人昇伦②，买砖为圹，城南五里张氏林下瘗之，治地后十日也。

呜呼！人固择于禽兽夷狄也。禽兽夷狄于其配合孕养，知不相祸也，相祸则其类绝也久矣。如齐何议焉？买石刻其事，纳之圹中，以慰秃秃，且有警也。事始末，唯杜氏一无忌言。二十九日，南丰曾巩作。

【翻译】

秃秃，是高密县人孙齐的儿子。孙齐考中明法科，因而得到嘉州司法参军的官。他起先已娶妻杜氏，留在家乡高密，却将这事瞒起来，用欺骗的手法又另娶周氏，与周氏一起到蜀中上任。任期满后，一块儿回高密，周氏才知道孙齐已有妻，怨恨孙齐骗了她，于是告到县里，孙齐向县官送钱财，说好话，事情便算了结。又被任命

① 张彦博：作者友人。字文叔，蔡州汝阳（今河南汝南县）人。 ② 浮图人：僧人。浮图：梵语音译，也作“浮陀”、“浮屠”，即佛。

为歙州休宁县县尉，连杜氏一起带去上任。过了两年，孙齐请假回老家，周氏还为这事愤愤不平，要求离婚。孙齐急了，说："为了你，我与杜氏离婚！"并且剪断头发，立下誓言，周氏才答应了他。

孙齐假满后独身到休宁县任上，遇到妓女陈氏，又将她纳为妻。任满，县尉被人替代，他接受了抚州司法参军的任命，回高密将周氏分开，不再与她相见，却派人偷偷地将她所生的儿子抱了来，同杜氏、陈氏一起，载到抚州，于明道二年正月到任。这月里，周氏也与她弟弟来到抚州，想要进入孙齐的官署，被吏人拦住，并把这事报告了孙齐。孙齐正在宝应佛寺里收租米，听后立刻赶回去，揪起周氏扔到走廊下，拿出假造的文书说："你是我的佣人，怎么敢如此胡作非为！"于是一起到州里去辩理，周氏没能申冤。周氏上诉到江南西路转运使，也不听她的。过了好久，周氏无可奈何，只好用布衣写上自己的籍贯姓氏和几次告状的事实经过，流落路上讨饭。

这时，萧贯任饶州知州，周氏赶去向他申诉。饶州属江南东路，按规定不应该接受她的诉状，但萧贯并不推辞，仍然受理。转运使这才派公吏祝应言前去调查，周氏以她所生的儿子为证据。孙齐害怕儿子被发现，事实真相败露，就将儿子藏到旁边方政家的屋子里。随后仍怕被发现，又将儿子带回家来猛卡他的咽喉，没有死，陈氏从旁边抓住小孩的双脚，倒提起来，把头按进一大瓮水中，小孩才死，这就是秃秃。孙齐于是叫来差役邓旺，让他在寝室后面的墙下挖了一个坑，深有四尺，将尸体埋在里面，秃秃这年五岁。萧贯将孙齐的罪案报上去，恰遇大赦，但还是停了孙齐的官，流放到濠州去管制起来，这是明道二年八月的事。

庆历三年十月二十二日，抚州司法参军张彦博改建寝室，挖地发现了坑中的死孩子，查问知道情况的人，有个小吏叫熊简的回答如上。又叫来邓旺盘问，并核对了当年办案的供词，凡是保存在州里的都这么说，只是杀死秃秃经过的材料没有看到。张彦博向我谈到这事，为秃秃的惨死而悲痛，于是用棺材丧服收敛了他的遗骸，并设置酒肉祭奠。又出钱给僧人昇伦，叫他买砖砌成墓穴，在城南五里处一家姓张的树林下埋葬，时间在挖地得骨后的第十天。

唉！人本来区别于禽兽和夷狄。但是禽兽和夷狄对于他们的配偶和所生子女，也懂得不互相残害，如果互相残害的话，那他们的族类早就灭绝了。像孙齐这样的人，还有什么可说的呢？因此买来一块石板，将这事刻上去，放在墓中，用来安慰秃秃的灵魂，并希望对世人能有所警诫。关于这件事的来龙去脉，只有杜氏毫无忌讳。二十九日，南丰曾巩作。

醒心亭记

本文作于宋仁宗庆历七年(1047)八月,这年曾巩二十九岁。庆历五年,欧阳修因支持范仲淹等人的政治革新,被贬为滁州(今属安徽)太守,因而放情山水,以诗酒自娱。这是作者为欧阳修所建醒心亭而作的一篇记。文中首叙醒心亭的位置和作记原因,次记亭子得名的来由,最后以自己能与欧阳修同游并作记而深感幸运和自豪。作者通过欧阳修与同游的宾客们酒醉后到醒心亭观览,以“醒心”的细节描写,既刻画了醒心亭周围的秀丽景色,又表现了欧阳修十分关心国家政治,然而只能将此“乐”寄意于山水之间的高尚情操和无限苦衷。

滁州之西南，泉水之涯，欧阳公作州之二年，构亭曰“丰乐”，自为记以见其名之意。既又值丰乐之东几百步，得山之高，构亭曰“醒心”，使巩记之。

凡公与州之宾客者游焉，则必即丰乐以饮。或醉且劳矣，则必即醒心而望。以见乎群山之相环，云烟之相滋，旷野之无穷，草树众而泉石嘉，使目新乎其所睹，耳新乎其所闻，则其心洒然而醒，更欲久而忘归也。故即其事之所以然而为名，取韩子退之《北湖》之诗云①。噫！其可谓善取乐于山泉之间。虽然，公之乐，吾能言之。吾君优游而无为于上，吾民给足而无憾于下，天下之学者皆为材且良，夷狄、鸟兽、草木之生者皆得其宜，公乐也。一山之隅，一泉之旁，岂公乐哉？乃公所以寄意于此也。

若公之贤，韩子殁数百年而始有之。今同游之宾客，尚未知公之难遇也。后百千年，有慕公之为人，而览公之迹，思欲见之，有不可及之叹，然后知公之难遇也。则凡同游于此者，其可不喜且幸欤？而巩也，又得以文词托名于公文之次，其又不喜且幸欤？庆历七年八月十五日记。

---

① 韩子退之：即韩愈，字退之，“子”是敬称。韩愈《北湖》诗有“应留醒心处，准拟醉时来”两句。

【翻译】

滁州的西南面，在一汪泉水的旁边，欧阳公作州太守的第二年，建起一个叫“丰乐”的亭子，自己作记以表明他取这个名字的用意。后来又在丰乐亭东边近百步远处，找到一个山势较高的地方，建了个取名“醒心”的亭子，让我作记。

凡是欧阳公与州里的宾客们到这里游览，便一定要去丰乐亭饮酒；酒醉又疲倦了的时候，便一定要到醒心亭眺望。从而欣赏那环绕滁州的群山，越聚越多的云烟，无穷无尽的旷野，茂密的碧草绿树和美好的清泉山石，所见到的美景使眼睛为之一亮，所听到的泉声使耳朵为之一新，于是心胸顿觉清爽，酒也醒了，更想久游，以致忘却归去。因而就以这情形给亭子命名，取韩愈《北湖》诗的意思，叫它“醒心亭”。啊！这真可以说是善于在山泉之间寻取乐趣。尽管如此，欧阳公心中真正的欢乐，我可以说出来。我们的皇帝陛下在上悠然自得，清静无为；我们的百姓在下丰衣足食，没有缺憾，天下的读书人都能成为国家的良材，边境夷民、鸟兽、草木等等凡有生命的，都各得其所，这才是欧阳公真正的快乐所在。一个山隅，一汪泉水，哪会是欧阳公的快乐所在呢？这不过是他将真正的快乐之情寄托在山水之间罢了。

像欧阳公这样的优秀人才，韩愈死后数百年，才产生了出来。如今与他同游的客人,还不觉得欧阳公的难以遇到。将来千百年之后,有倾慕欧阳公人品的人,瞻仰他的遗迹,再想见到他,便会有没有赶上时代的叹息,那时才真正明白欧阳公的难于遇到。因此,凡是与欧阳公在这儿同游的,能不感到高兴和幸运么?而我曾巩,又能够以这篇文章托名在欧阳公文章的后面,岂不更加感到高兴和幸运么?庆历七年八月十五日记。

墨池记

本文作于宋仁宗庆历八年(1048)九月,这年曾巩三十岁,在家居父丧。作者记叙了关于临川墨池的传说,从而指出了"能"与"学"的关系:王羲之书法之善(能),是他刻苦练习的结果(学),并不是上天赐给的,因此勉励"欲深造道德"的人们,更须努力学习。这篇记很短,但由于作者提出了一连串疑问和推测,使读者在似乎不确定的答案中去思考,十分耐人寻味。

临川之城东①,有地隐然而高,以临于溪,曰新城。

① 临川:县名,宋代为抚州治所,地在今江西省抚州市。

新城之上，有池洼然而方以长，曰王羲之之墨池者[1]，荀伯子《临川记》云也[2]。羲之尝慕张芝[3]，临池学书，池水尽黑，此为其故迹。岂信然邪？方羲之之不可强以仕，而尝极东方，出沧海，以娱其意于山水之间，岂其徜徉肆恣，而又尝自休于此邪[4]？羲之之书晚乃善，则其所能，盖亦以精力自致者，非天成也。然后世未有能及者，岂其学不如彼邪？则学固岂可以少哉，况欲深造道德者邪？

墨池之上，今为州学舍。教授王君盛恐其不章也[5]，书"晋王右军墨池"之六字于楹间以揭之，又告于巩曰："愿有记。"推王君之心，岂爱人之善，虽一能不以废，而因以及乎其迹邪？其亦欲推其事以勉学者邪？夫人之有一能，而使后人尚之如此，况仁人庄士之遗风余思被于来世者如何哉！庆历八年九月十二日，曾巩记。

---

① 王羲之(303—361)：字逸少，东晋人，我国古代著名书法家。因官至右军将军，故世称王右军。 ② 荀伯子：南朝宋人，宋文帝时曾出补临川内史。 ③ 张芝：字伯英，东汉末人，擅长草书。 ④ 按《世说新语·品藻》刘孝标注引《中兴书》，王羲之曾做过临川太守。这里猜测他曾因徜徉山水而休于临川，是作者失考致误。 ⑤ 王盛：其他事迹未详。

【翻译】

在临川县城的东边，有一块地方高高隆起，临近小溪边，名叫新城。新城上面，有个低洼的水池，呈长方形，被称为王羲之的墨池，荀伯子的《临川记》就是这样说的。羲之曾仰慕并效法张芝，在水池边练书法，洗笔把池水全洗黑了，这便是他的遗迹。难道果真是这样么？当羲之不愿再勉强做官，曾经游尽东方之地，并泛舟出海，在山水之间求得心境的快乐，难道他当年漫游而纵情山水，曾经在这儿栖息过么？王羲之的书法到晚年才最佳，那么他的本领，应当是靠自己的刻苦努力得到的，并不是上天特意成就他。然而后世再没有能赶得上他的，岂不是在刻苦学习上不如他么？由此看来，刻苦学习怎可以少，更何况想在道德方面达到很高境界的人呢？

在墨池的上边，如今是抚州州学的校舍。州学教授王盛怕墨池的来历不为大家所知，因而在柱子上写了“晋王右军墨池”六个字作为标识，又告诉我说，“希望你能写篇记文。”推测王君的心，是不是喜爱别人的长处，虽是一技之能也不放过，因此也就爱到了他的遗迹呢？或者是想推崇王羲之苦学的精神，以勉励他的学生呢？人有一技之能，便使后人如此崇敬，更何况仁人志士的遗风余韵，足以影响后世，那又该如何崇敬呢！庆历八年九月十二日，曾巩记。

宜黄县县学记

本文作于仁宗皇祐元年(1049)十二月,这年作者三十一岁,在家居父丧。这是为宜黄县(今属江西)知县李详建成县学后所作的一篇记。曾巩以古人自小入学学习,习性养身,从而达到识明气充,立身社会后无所不可的事实,说明无论是个人小事或国家大体,一刻也离不开教育,因而表彰了李详立学的高识远见。当然,他所叙述的古代教育的盛况,多出于儒家对上古社会的美化,未必那时的普通百姓都有受教育的权利和机会,而且他所讲的"学",内容是封建的,目的也完全是为了培养为统治者服务的人才。但是,历代有识之士都十分重视教育,这在我国数千年的历史中，形成了一个优良传统，从而使我国古代的经济文化居于当时世界的前列，这是值得充分肯定的。文章条分缕析，层次清楚。

古之人，自家至于天子之国皆有学①，自幼至于长，未尝去于学之中。学有《诗》、《书》六艺、弦歌洗爵②、俯仰之容、升降之节，以习其心体、耳目、手足之举措；又有祭祀、乡射、养老之礼③，以习其恭让；进材论德④、出兵授捷之法⑤，以习其从事。师友以解其惑，劝惩以勉其进，戒其不率，其所为具如此。而其大要，则务使人人学其性，不独防其邪僻放肆也。虽有刚柔缓急之异，皆可

① “自家”句：这里所说家皆有学，不是指家塾，而是指闾塾，即合二十五家而教之。见《礼记·学记》郑玄注及孔颖达疏。 ② 洗爵：一种礼仪，即洗一洗酒器再斟酒献客，见《诗经·大雅·行苇》郑玄笺。 ③ 祭祀、乡射、养老：都是周代在学校举行的仪式。祭祀是祭天地人鬼等；乡射是以礼集中民众，以射箭成绩的好坏选士；养老是对年老而有德行的人享以酒食。见《仪礼·乡射礼》、《礼记·文王世子》等。 ④ 进材论德：根据能力德行的大小高低推荐人才，周代也是在学校进行，见《礼记·王制》。 ⑤ “出兵”句：周代天子出兵前，在学校谋划军事，战胜后，以所割敌人的左耳在学校祭告先圣。见《诗经·鲁颂·泮水》及《礼记·王制》。

以进之于中，而无过不及。使其识之明，气之充于其心，则用之于进退语默之际，而无不得其宜；临之以祸福生死之故，而无足动其意者。为天下之士，而所以养其身之备如此，则又使知天地事物之变，古今治乱之理，至于损益废置、先后始终之要，无所不知。其在堂户之上，而四海九州之业、万世之策皆得，及出而履天下之任，列百官之中，则随所施为，无不可者。何则？其素所学问然也。

盖凡人之起居、饮食、动作之小事，至于修身为国家天下之大体，皆自学出，而无斯须去于教也。其动于视听四支者，必使其洽于内；其谨于初者，必使其要于终。驯之以自然，而待之以积久。噫，何其至也！故其俗之成，则刑罚措；其材之成，则三公百官得其士①；其为法之永，则中材可以守；其入人之深，则虽更衰世而不乱。为教之极至此，鼓舞天下，而人不知其从之，岂用力也哉？

及三代衰，圣人之制作尽坏，千余年之间，学有存者，亦非古法。人之体性之举动，唯其所自肆，而临政治

---

① 三公：辅助君主掌握军政大权的最高官员。其官名各代不同，如周叫太师、太傅、太保，西汉称大司马、大司徒、大司空，等等。

人之方，固不素讲。士有聪明朴茂之质，而无教养之渐，则其材之不成，固然。盖以不学未成之材，而为天下之吏，又承衰弊之后，而治不教之民。呜呼，仁政之所以不行，贼盗刑罚之所以积，其不以此也欤！

宋兴几百年矣。庆历三年①，天子图当世之务，而以学为先，于是天下之学乃得立。而方此之时，抚州之宜黄犹不能有学，士之学者皆相率而寓于州，以群聚讲习。其明年，天下之学复废，士亦皆散去②，而春秋释奠之事以著于令③，则常以庙祀孔子，庙不复理。

皇祐元年，会令李君详至，始议立学，而县之士某某与其徒皆自以谓得发愤于此，莫不相励而趋为之。故其材不赋而羡，匠不发而多。其成也，积屋之区若干，而门序正位，讲艺之堂、栖士之舍皆足；积器之数若干，而祀饮寝食之用皆具。其像孔氏而下，从祭之士皆备；其书

---

① 据《宋史·职官志》七，宋仁宗庆历四年，诏诸路、州等立学，每县如果有学生二百人以上，允许设县学。因此，“庆历三年”疑当作“四年”。这事又见《宋史·仁宗纪》、《选举志三》，都作“四年”。 ② 这里所说天下学复废及士人散去事，当是指庆历五年诏令，规定凡是有学校的州县，不准让非本地的学生居住听讲，见《续资治通鉴长编》卷一五〇。因此，本地无学校而聚集在其他州县读书的学生，只得散去。 ③ 释奠：祭礼的一种，在春秋二季的第二月举行，祭先师孔子。

经史百氏、翰林子墨之文章无外求者[1]。其相基会作之本末，总为日若干而已，何其周且速也！

当四方学废之初，有司之议，固以谓学者人情之所不乐。及观此学之作，在其废学数年之后，唯其令之一唱，而四境之内响应而图之，如恐不及。则夫言人之情不乐于学者，其果然也与？

宜黄之学者，固多良士。而李君之为令，威行爱立，讼清事举，其政又良也。夫及良令之时，而顺其慕学发愤之俗，作为宫室教肄之所，以至图书器用之须，莫不皆有，以养其良材之士。虽古之去今远矣，然圣人之典籍皆在，其言可考，其法可求，使其相与学而明之。礼乐节文之详，固有所不得为者；若夫正心修身，为国家天下之大务，则在其进之而已。使一人之行修移之于一家，一家之行修移之于乡邻族党，则一县之风俗成、人材出矣。教化之行，道德之归，非远人也，可不勉与！县之士来请曰："愿有记。"其记之。十二月某日也。

【翻译】

古时候的人，从二十五家的闾里直到天子的国都都

① 翰林子墨：汉代文学家扬雄作《长杨赋》，假借"翰林主人"与"子墨客卿"对答，后代因而以翰林、子墨代指文人。

设有学校，自幼年到成人，都没有离开过学堂。所学的课目有《诗》、《书》及礼、乐、射、御、书、数六科，用弦乐唱诗和洗爵酬客的礼仪，在尊长面前低头抬头的姿势，上前退下的礼节，用这些来训练他们的心身、耳目、手足的一举一动；又有祭祀、乡射、养老等仪式，用来让他们学习恭敬谦让的美德；再用如何荐举人才、评论德行，以及如何出兵、如何庆祝胜利的方法，来培养他们处理国家事务的能力。老师、朋友解答他们的疑惑，用奖惩来鼓励他们上进，警告不服从教导的，学校所做的就是这些。而教育的大原则，是一定要让每个人学到好德性，不只是防备他行为不正或胡作非为。虽然人有刚强与柔弱、迟缓与急躁的个性差别，通过培养，都可以使他们达到适中的程度，而不致过分或太差。这样，使受教育的人心中有明敏的识见，有充实的精神气质，则无论他用到出仕或退居、议论或沉默之时，都没有不合适的；即使他遭遇到祸福、死生之类大变故，也不能动摇他的意志。胸怀天下的读书人，他的自我修养能够如此完备，同时再进一步使他认识天地和各种事物的变化，古往今来或治或乱的道理，那么他对于社会上该减该增、或废或兴、前后始终的演变规律，就没有不明白的了。这样的人，即使坐在家中，而整个国家的事业，能行之久远的谋划，都能够运筹胸中。到他出仕担负治理天下的重任，站在群臣之中时，则任随提出何种政治措施，都没有不可行的。为什么呢？那是因为，对这些他平时早已学习和探讨过了。

因此古代凡是人们的起居、饮食、行为这类小事，直到修养品德而为国家为天下效力这样的大节，都是由学校培养出来的，而不能一刻离开教育。一个人眼睛看的，耳朵听的，四肢做的，这些外部行动，都必须从端正内心做起；有了好的开端，还必须使他坚持下去，做到善始善终。养成他的自觉性，让他长期地积累。啊，这样的教育是何等周到！所以一旦这样的风气养成，刑罚就可以置而不用；造就出这样的人才，公卿百官就可以得到适当的人选；教育的法规经久不变，即是中等才能的人也可以坚持下去；教育对人的影响那么深刻，虽是经过衰败之世而人心仍然不乱。办教育达到这样高的程度，用它来号召鼓动，天下的人不知不觉地便能服从，哪里还用花力气呢？

自从夏、商、周三代衰落之后，圣人所创立的制度全都废弃了。千余年间，学校即使还有保存下来的，也已不是古时候办学和教育的方法了。人们的性情和举动，都是随心所欲，而做官治理百姓的措施，平时根本就没有留意研讨过。一个士人即使有聪明朴实等美好品质，但没有经过教育培养的过程，那他不能成为可用之材，原是理所当然。用不学习而未成材的人，去担负国家的重任，又在社会衰弊之后，去治理没有经过教化的百姓。唉！仁政之所以不能推行，盗贼之所以越来越多，刑罚之所以越来越重，不正是由于缺乏教育么？

宋朝建立快百年了。庆历三年，皇帝考虑当前的急务，而把办学放在首位，于是天下州县的学校得以创立。而那时候，抚州宜黄县还没有办学条件，读书人都相继到州里去寄读，大家聚在一起讲习功课。第二年，天下州县的寄读制被废除，宜黄的读书人也都散去了，而春、秋两季释奠的礼仪已经在法令中明文规定，便常在庙中祭祀孔子，而这时连庙也不再有人整治了。

皇祐元年，当县令李详君到宜黄上任，才开始讨论办县学的事，而县中士人某某与他的弟子们，都认为有了学校，自己便能在这里发愤攻读，因此无不互相激励鼓动而积极行动。所以建校的材料不必取于百姓而有余，匠人不必征调就很多了。学校建成了，共有屋子若干间，门墙位置端正，讲学的厅堂、学员宿舍都充足；又置备了器具若干件，祭祀和寝食用品也已齐全。孔子及从祭贤人的塑像，同时具备。经、史和诸子百家的著作，历代文人的诗赋文章，都不需要外求。学堂从选地基到竣工，自始至终，总共只用了若干天，计划得何等周密，建造得多么迅速啊！

当各地学校废除寄读制之初，有关官员议论，坚持说办学校是人们心里不乐意的事。但看宜黄县学的兴建，是在废学几年之后，只因县令一号召，全县各地都纷纷响应并共同筹划，生怕动手晚了。可见说人们心里不乐于办学，果真是这样么？

宜黄县的读书人，本来就有很多优秀人才。李君作县令，既行威又立爱，案件处理得公正，事业得到兴办，政绩又很好。当有好县令的时候，顺应民众向往办学和发奋读书的普遍要求，修起了校舍和讲堂，以及所需的图书器具，无不齐备，用来培养宜黄的优秀人才。虽然古代离现在已经很远了，然而圣人的书都还在，他们的言论可以考知，他们的做法可以推求，让学生们在学校学习这些并弄明白。虽然古代礼、乐中的细节，现在不可能再实施，但是像正心修身，乃是国家和天下的大事，这便在于学生们的努力追求了。如能将一个人的德行培养成功并推广影响他的一家，一家人的德行培养成功并推广影响他的乡邻亲族，那么一县的美好风俗就形成了，优秀人才就产生了。教化能够推行，道德归于淳厚，也就不是遥远的事了，能不为此努力么！县里有人来请我说："希望你作记。"因而作这篇记叙述其事。十二月某日。

学　舍　记

本文作于宋仁宗至和元年（1054），当时作者三十六岁。仁宗景祐三年（1036），曾巩的父亲曾易占在信州玉山县（今属江西）县令任上，受人诬陷，失官归乡。因老家无田，曾巩不得不为全家衣食奔走，足迹几半天下（这段经历，可参读作者皇祐三年所作《辛卯岁读书》诗）。曾巩这时深感生活重担压得喘不过气来，于是在家休息，又自恨学问不深，因而在家旁一间草屋——即所谓"学舍"中刻苦读书。有人议论草屋太"卑隘"，本文便是作者对他们的回答。作者追述了家事迭出、奔波四方的艰辛，表达了愿与古今作家并驾齐驱、以文章名世的雄心壮志。由于曾巩的追求是学而进于“道”，是文章，所以狭小的学舍，正体现了他自强不息的精神。作者回首往事，善于在那些最能牵动感情的人生关头上着笔，既富概括力，又易打动读者。

予幼则从先生受书，然是时方乐与家人童子嬉戏上下，未知好也。十六七时，窥六经之言与古今文章①，有过人者，知好之，则于是锐意欲与之并。而是时，家事亦滋出。自斯以来，西北则行陈、蔡、谯、苦与睢、汴、淮、泗②，出于京师；东方则绝江舟漕河之渠③，逾五湖④，并封、禺、会稽之山⑤，出于东海上；南方则载大江，临夏口

① 六经：指《易》、《书》、《诗》、《礼》、《乐》、《春秋》六部儒家经典。 ② 陈、蔡：二州名，治所分别在今河南淮阳、汝南。谯：县名，在今安徽亳州。苦：古县名，宋代为卫真县，在今河南鹿邑东。睢（suī 虽）、汴（biàn 便）、淮、泗：河流名，在今河南、安徽、山东、江苏等省境内。除淮河外，其他三条河多已湮废，或被黄河所占。 ③ 漕：指用船运粮及其他物资。用作漕运的水道叫漕渠。 ④ 五湖：说法不一，一般指太湖及其附近湖泊。 ⑤ 并（bàng）：同“傍”。封、禺：二山名，在今浙江德清境内。会稽山：在今浙江绍兴东南。

而望洞庭①，转彭蠡②，上庾岭③，由浈阳之泷④，至南海上。此予之所涉世而奔走也。蛟鱼汹涌湍石之川，巅崖莽林貙虺之聚⑤，与夫雨旸寒燠风波雾毒不测之危，此予之所单遊远寓，而冒犯以勤也。衣食药物，庐舍器用，箕筥碎细之间，此予之所经营以养也。天倾地坏⑥，殊州独哭，数千里之远，抱丧而南，积时之劳，乃毕大事⑦，此予之所遘祸而忧艰也。太夫人所志⑧，与夫弟婚妹嫁，四时之祠，属人外亲之问⑨，王事之输，此予之所皇皇而不足也。予于是力疲意耗，而又多疾，言之所序，盖其一二之粗也。得其闲时，挟书以学，于夫为身治人，世用之损益，考观讲解，有不能至者。故不得专力尽思，琢雕文

---

① 夏口：即今湖北武汉汉口。 ② 彭蠡（lí 离）：湖名，即今江西鄱阳湖。 ③ 庾岭：又叫大庾岭、梅岭等，五岭之一。在今江西、广东交界处。 ④ 浈阳：古县名，宋避仁宗讳，改名真阳，在今广东英德市。之：往。泷（shuāng 双）：即泷水县，故城在今广东罗定。 ⑤ 貙（chū 初）虺（huǐ 毁）：貙是兽名，象狸，这里泛指猛兽。虺是毒蛇。 ⑥ “天倾”句：喻指父亲去世。仁宗庆历七年（1047）九月，作者陪伴其父由京师开封到南京（今河南商丘），其父病故于此。下句“殊州”即指南京。 ⑦ 大事：指葬父。曾巩葬父在仁宗皇祐元年（1049），见陈师道《光禄曾公神道碑》，故上句说“积时”。 ⑧ 太夫人：指作者生母吴氏。“太夫人所志”，当指他母亲的遗愿（其母早已亡故），具体内容不详。 ⑨ 外亲：女系亲属。问：泛指亲戚间平日的问候、庆吊等。

章，以载私心难见之情，而追古今之作者为并，以足予之所好慕，此予之所自视而嗟也。

今天子至和之初[1]，予之侵扰多事故益甚，予之力无以为，乃休于家，而即其旁之草舍以学。或疾其卑，或议其隘者，予顾而笑曰："是予之宜也。予之劳心困形，以役于事者，有以为之矣。予之卑巷穷庐，冗衣砻饭[2]，芑苋之羹[3]，隐约而安者，固予之所以遂其志而有待也。予之疾则有之，可以进于道者，学之有不至。至于文章，平生之所好慕，为之有不暇也。若夫土坚木好高大之观，固世之聪明豪隽挟长而有力者所得为，若予之拙，岂能易而志彼哉？"遂历道其少长出处，与夫好慕之心，以为《学舍记》。

【翻译】

我年幼时便跟随老师读书，然而这时候，正以与家人小孩们打打闹闹、四处玩耍为乐，对书还不懂得爱好。十六七岁时，看出六经中的话与古今作家的文章，有超过常人的见解，才懂得爱书，从此一心一意希望将来能

---

① 今天子：指宋仁宗，"至和"为其年号（1054—1056）。
② 冗：低劣。砻（lóng 龙）：磨稻去壳的工具。砻饭指糙米饭。
③ 芑苋（qǐ 起 xiàn 现）：两种野菜名。

与古今作家并驾齐驱。然而这时候，家中不幸的事也就连续发生了。从那以来，西北方我到过陈州、蔡州、谯县、苦县，经历睢水、汴水、淮水、泗水流域，到达京师开封。东方我渡过大江，放舟运河，越过五湖，沿着封山、禺山、会稽山，到达东海边。南方我乘船沿长江而上，抵达夏口，远望洞庭湖，再转向彭蠡泽，登上大庾岭，由浈阳到泷水，直达南海之滨。这便是我进入社会而奔走四方的情形。那蛟鱼伏藏、波涛汹涌、激流转石的大河，那高峻的山岩、莽莽的林野，以及猛兽毒蛇聚居之地，加上雨淋日晒，严寒酷暑，江河中的风波和浓雾瘴毒，到处是难以预料的危机，这便是我只身漂泊、寄居远方，而遇到的各种艰难困苦。家中的衣食药物，房屋用具，以及簸箕篾筐之类琐碎的小事，都是我必须操办而用以养亲活口的。那年在南京，父亲忽然病故，一下子仿佛天倾地裂，在他乡独个儿呼抢痛哭，从数千里之外，运着父亲的灵柩南归，又经过多时的操劳，才完成安葬的大事，这就是我遭家祸而丧父的情形。母亲生前的遗愿，以及弟弟结婚，妹妹出嫁，四季的祭祀，内外亲属的问候庆吊，向官府缴租纳税，这些就是我终日忙忙碌碌还办不周到的。我因此被弄得精疲力尽，加上又多病，能用言语叙述的，只不过是其中一两点粗略的情况。得到一点空闲时间，拿起书本学习，对于如何立身治民，社会上哪些当改革、哪些当更新，好些方面我都未能加以考究观察、讨论分析。因此也就不能专心致志地琢磨文章，用以表达个人心中难于表现的情志，从而追赶古今的作家，取得可与他们相比的成绩，以满足我的爱好和向往之情，这就是我回顾自己而深为叹息的。

当今皇帝至和初年，我所受到的干扰和事故之多更加严重，我的力量实在无法应付，于是只得在家休息，而到宅旁的草屋里读书。有人嫌这屋子太低矮，也有人说它太窄小，我回头笑着说："这对我来说已经很不错了。我多年心神操劳，身体困乏，而为家事役使奔走，是想有所作为。我居住小巷陋室，破衣粗食，吃野菜汤，虽穷困而仍然安心，自然是想实现自己的志向而等待着机会。我所悔恨的倒也有，那就是本可掌握圣贤们的大道，可是学问还达不到。至于文章，是我平生的爱好和向往，可是常常没有空闲进行写作。至于那建筑坚固、木材美好、高大壮观的房舍，本是世上那些聪明豪俊、有优越条件和强大势力可以依靠的人才能修得起的，像我这样愚拙的人，哪能轻易办到而敢去想它呢？"于是我一一叙述了自己从少小到成年的经历，以及个人的爱好和向往之心，写成这篇《学舍记》。

南　轩　记

本文可说是《学舍记》的姐妹篇。所谓“南轩”，也就是前文的“学舍”，即作者在家附近修建的专供藏书和读书的草屋。文中记“南轩”的仅是首段数句，十分简略，而以主要篇幅叙述自己的个性、抱负和爱好，以及对自己的严格要求。曾巩是以振兴儒道自任的，但从本文可以看出，他藏书和读书的范围十分广泛，除“圣人”的著作外，还包括“贤人”和“智者”的书，可见他在儒道之外，同样注重“文”。这就不同于宋初以来的古文家如柳开、石介等人以“道统”高于一切、排斥其他著作的偏狭观点，这是值得注意的。

得邻之茀地蕃之①，树竹木，灌蔬于其间，结茅以自休，嚣然而乐②。世固有处廊庙之贵③，抗万乘之富④，吾不愿易也。

人之性不同，于是知伏闲隐隩⑤，吾性所最宜。驱之就烦，非其器所长，况使之争于势利、爱恶、毁誉之间邪？然吾亲之养无以修，吾之昆弟饭菽藿羹之无以继⑥，吾之役于物，或田于食，或野于宿，不得常此处也，其能无焰然于心邪？少而思，凡吾之拂性苦形而役于物者，有以为之矣。士固有所勤，有所肆识，其皆受之于天而顺之，则吾亦无处而非其乐，独何必休于是邪？顾吾之所好者远，无与处于是也。然而六艺百家史氏之籍，笺疏之书⑦，与夫论美刺非、感微托远、山镵冢刻⑧、浮夸诡异之文章，下至兵权、历法⑨、星官⑩、乐工⑪、山农、野圃⑫、方言、地记、佛老所传，吾悉得于此，皆伏羲以来，下更秦汉

---

① 茀（fú 佛）：草多。蕃：指藩篱，即篱笆之类的屏障。 ② 嚣（xiāo 肖）然：悠闲的样子。 ③ 廊庙：廊是殿四周的过道，庙指太庙，后即代指朝廷。 ④ 万乘：古代天子拥有战车万辆，因以代指国王。 ⑤ 隩（yù 玉）：水岸内弯曲处，泛指偏僻之地。 ⑥ 菽（shū 蔬）：豆类。藿：豆叶，嫩时可吃。 ⑦ 笺疏（shū 书）：古书的注释叫笺，对旧注进行解释或发挥的叫疏。 ⑧ 镵（chán 禅）：凿。 ⑨ 历法：推算天象以定岁时的方法。 ⑩ 星官：观测天文的官。 ⑪ 乐工：演奏乐器的人员。 ⑫ 野圃：乡里种植瓜果的人。

至今，圣人贤者魁杰之才，殚岁月，惫精思，日夜各推所长，分辨万事之说，其于天地万物，小大之际，修身理人，国家天下治乱安危存亡之致，罔不毕载。处与吾俱，可当所谓益者之友非邪？

吾窥圣人旨意所出，以去疑解蔽；贤人智者所称事引类，始终之概以自广，养吾心以忠，约守而恕行之。其过也改，趋之以勇，而至之以不止，此吾之所以求于内者。得其时则行，守深山长谷而不出者，非也；不得其时则止，仆仆然求行其道者，亦非也。吾之不足于义，或爱而誉之者，过也；吾之足于义，或恶而毁之者，亦过也。彼何与于我哉？此吾之所任乎天与人者。然则吾之所学者虽博，而所守者可谓简；所言虽近而易知，而所任者可谓重也。

书之南轩之壁间，蚤夜览观焉，以自进也。南丰曾巩记。

【翻译】

得到邻近的一块草地，用篱笆围起来，栽上竹木，在其间灌水种蔬菜，修起茅屋供自己休息，令人十分快乐。世上自然有位居朝廷的权贵，比得上国君的富翁，可我却不愿与他们交换。

人的性情各不相同，于是明白过着闲散生活、隐居僻静之地，对我的性情最为适宜。迫使我去做烦杂的事，不是我的资质所长，更何况要叫我到势利、爱憎、毁誉中间去争斗呢？然而我母亲的赡养无法解决，我兄弟的粗食淡饭也下顿不接上顿，我被这些事情所驱迫，有时在田间吃饭，有时在野外住宿，不能时常居住在这里，这能不使我的心焦躁不乐么？不过稍一思索，大凡我的违背本性、劳苦形骸而被外物所驱使，也是想有所作为。读书人有时辛勤劳苦，有时纵情肆志，这些都是受于天意而只能顺从它，那我也就无处而不感到快乐了，又何必独独要在这里休息呢？回想我爱好的都很远大，不是处在这茅屋里就能满足的。然而六经、诸子百家、史家的著作，笺疏之类的书，以及论赞美好事物、讽刺坏人坏事、感发于微小而寄托深远、山岩墓石的刊刻、浮夸诡怪之类的文章，下至兵法权谋、历法、星官、乐工、山农、野圃、方言、地志、佛老所传的各种图书，我都在这里可以读到。这些著作，都是从伏羲氏以来，经秦汉一直到如今，圣人贤人以及各方面的杰出人才，穷尽岁月，耗费精力思虑，日夜发挥各自的专长，分析辨别各种事物后写成的，因而他们的书中对于天地万物，小事与大道之间的关系，自身修养和治理人民，国家天下的治乱、安危、存亡是怎样出现的，没有不详细记载的。藏书与我在一起，正可当作人们所说的益友，难道不是么？

我察看圣人的用意所在，用以去掉疑惑，消除蒙蔽；考察贤人和智慧的人们所称引的事类，以及前后始终的梗概，用来扩大自己的知识，用忠来修养我的内心，检束自己的操守，而行之以宽厚。有过错就改正，勇于进取，不知止息，而一定要达到目的，这些就是我要求自身做到的。得到时机便推行自己的主张，如果这时还要守在深山长谷而不出去做官，是不对的；没有时机就作罢，如果这时还要辛辛苦苦以求推行自己的主张，也是不对的。我在义上还做得不够，要是有人因喜欢我而加以赞誉，是错误的；我在义上已经做得很够了，要是有人因憎恶我而进行诋毁，也是错误的。他们的毁誉与我有什么相干呢？义才是我对天和人所承担的责任。由此可见我所学的虽然广博，而所执守的可说很简约；所讲的虽然浅近而易懂，而所承担的责任可说够重的了。

我将这些话写在南轩的墙壁上，早晚看看它，以勉励自己前进。南丰曾巩记。

抚州颜鲁公祠堂记

颜鲁公，即颜真卿（709—785），字清臣，临沂（今属山东）人，唐玄宗开元进士，累官至监察御史，以忤奸相杨国忠，出为平原太守（郡治在今山东德州）。安禄山叛乱，他奋起抵抗，后来官至太子太师，封鲁国公，后被军阀李希烈杀害。仁宗至和三年（1056）知抚州聂厚载、通判林慥因颜真卿曾做过抚州太守，所以在抚州为颜真卿建祠堂祭祀，本文便是曾巩为该祠堂建成而作的记。颜真卿曾以起兵平叛闻名于世，但作者着力表彰他屡次触犯权相，被贬官达七八次，至死不后悔的可贵精神，认为他是“天下一人而已”，是真正地“笃于道”，从而抨击了那些瞻前顾后的“鄙夫”。

赠司徒鲁郡颜公①，讳真卿②，事唐为太子太师，与其从父兄杲卿③，皆有大节以死。至今虽小夫妇人，皆知公之为烈也。初，公以忤杨国忠斥为平原太守④，策安禄山必反⑤，为之备。禄山既举兵，公与常山太守杲卿伐其后，贼之不能直窥潼关⑥，以公与杲卿挠其势也。在肃宗时⑦，数正言⑧，宰相不悦，斥去之。又为御史唐旻所构⑨，

---

① 赠司徒：死后追赠司徒的官。鲁郡：指临沂。临沂古代属鲁国，故称。 ② 讳：旧时对尊长者不敢直呼其名，称避讳，因亦称所避讳的名为“讳”。 ③ 从父兄：堂兄。从父即伯父、叔父，他们的儿子称从父兄弟，即堂兄弟。杲（gǎo 稿）卿（692—756）：字昕，与真卿同五世祖，唐玄宗时为常山郡（治所在今河北正定）太守，起兵讨安禄山，被俘，不屈而死，详见新、旧《唐书·忠义传》。 ④ 忤（wǔ 午）：触犯，得罪。杨国忠：唐玄宗宠妃杨玉环的堂兄，因官宰相，“安史之乱”后随玄宗逃成都，在途中被杀。 ⑤ 安禄山：奚族人，玄宗时官平卢、范阳、河东三镇（今河北、山西一带）节度使，天宝十四年（755）冬起兵叛乱，后被杀。 ⑥ 潼关：在今陕西华阴市。 ⑦ 肃宗：即李亨，玄宗子，公元756—761年在位。 ⑧ 数（shuò 朔）：屡次。 ⑨ 御史：官名。唐旻（mín 民）：肃宗时人，历任御史、汾州刺史。

连辄斥。李辅国迁太上皇帝西宫①,公首率百官请问起居,又辄斥。代宗时,与元载争论是非②,载欲有所壅蔽③,公极论之,又辄斥。杨炎、卢杞既相德宗④,益恶公所为,连斥之,犹不满意,李希烈陷汝州⑤,杞即以公使希烈,希烈初惭其言,后卒缢公以死。是时公年七十有七矣。

天宝之际,久不见兵,禄山既反,天下莫不震动。公独以区区平原,遂折其锋,四方闻之,争奋而起,唐卒以振者,公为之倡也。当公之开土门⑥,同日归公者十七郡,得兵二十余万。由此观之,苟顺且诚,天下从之矣。

---

① 李辅国:肃宗朝宦官,骄纵弄权,后被杀。太上皇帝:即唐玄宗。西宫:又称西内,即唐都长安的太极宫。 ② 元载:凤翔岐山(今陕西岐山)人,唐代宗朝奸相。 ③ 壅(yōng 雍):堵塞,障蔽。 ④ 杨炎(727—781):字公南,凤翔天兴(今陕西凤翔)人,唐德宗朝官至宰相,后被卢杞陷害,自杀。卢杞:字子良,滑州(今河南滑县)人,德宗朝奸相,后被贬死。德宗:即李适,唐代宗子,公元780—805年在位。 ⑤ 李希烈:中唐时军阀。德宗初拜淮南节度使,进南平郡王,后在汴(今开封)称皇帝,败死。李希烈攻陷汝州(今河南临汝),在德宗建中四年(783)。见《旧唐书》卷一四五《李希烈传》。 ⑥ 土门:即土门关,又叫井陉关,在井陉(今属河北)东北土门山上,秦汉以后都是军事要塞。按:据新、旧《唐书·颜杲卿传》、《资治通鉴》卷二一七及胡三省《考异》,开土门、十七郡同日归公的事应是颜杲卿,这里说是颜真卿,当是曾巩误记。

自此至公殁，垂三十年，小人继续任政，天下日入于弊，大盗继起，天子辄出避之。唐之在朝臣，多畏怯观望。能居其间，一忤于世，失所而不自悔者寡矣。至于再三忤于世，失所而不自悔者，盖未有也。若至于起且仆，以至于七八，遂死而不自悔者，则天下一人而已，若公是也。公之学问文章，往往杂于神仙、浮屠之说，不皆合于理，及其奋然自立，能至于此者，盖天性然也。故公之能处其死，不足以观公之大。何则？及至于势穷，义有不得不死，虽中人可勉焉，况公之自信也与。维历忤大奸，颠跌撼顿，至于七八，而终始不以死生祸福为秋毫顾虑，非笃于道者不能如此，此足以观公之大也。

夫世之治乱不同，而士之去就亦异，若伯夷之清①，伊尹之任②，孔子之时③，彼各有义。夫既自比于古之任

---

① 伯夷：商代孤竹国君的长子。相传其父遗命立次子叔齐为继承人，叔齐让位给伯夷，伯夷不受，叔齐也不愿登位，先后都逃到周国。后来周武王伐纣，建立周朝，他们以吃周朝的饭为耻辱，逃到首阳山采野菜吃，后饿死在山里。见《史记·伯夷传》。《孟子·万章》下说伯夷是圣人中最清高的。② 伊尹：商汤时大臣，名挚，帮助汤伐夏桀，被尊为阿衡（宰相）。《孟子·万章》下说他是圣人中能担当大任的。 ③ 孔子（前551—前479），字仲尼，古代著名教育家，《孟子·万章》下说他是圣人中最能审时度势的。意思是说他看到有实行自己主张的机会就实行，没有就另求出路。

者矣，乃欲睠顾回隐，以市于世，其可乎？故孔子恶鄙夫不可以事君，而多杀身以成仁者。若公，非孔子所谓仁者与？

今天子至和三年，尚书都官郎中、知抚州聂君厚载[①]，尚书屯田员外郎、通判抚州林君慥[②]，相与慕公之烈，以公之尝为此邦也，遂为堂而祠之。既成，二君过予之家而告之曰："愿有述。"夫公之赫赫不可尽者，固不系于祠之有无，盖人之向往之不足者，非祠则无以致其至也。闻其烈足以感人，况拜其祠而亲炙之者欤！今州县之政，非法令所及者，世不复议。二君独能追公之节，尊而祠之，以风示当世，为法令之所不及，是可谓有志者也。

【翻译】

赠司徒鲁郡颜公，名真卿，在唐朝做官，为太子太师，与他的堂兄杲卿，都有大气节而被害死。到今天，虽是小孩妇女，都知道颜公是坚贞刚正的人。当初，颜公因得罪了杨国忠，被逐出朝廷去做平原太守，预测安禄

① 尚书都官郎中：官名。下文"尚书屯田员外郎"也是官名。聂厚载：仁宗时人，天圣间曾为彰信军节度推官、知无锡县事。 ② 林慥：字慎之，闽县（今福州市）人，景祐元年（1034）进士，终太常少卿。

山一定要造反，就对他有所防备。禄山起兵叛乱后，他与常山太守颜杲卿攻打安禄山的后方，贼兵不能直接攻取潼关，是因为颜公与杲卿牵制了他的兵力。在肃宗时，颜公多次进献正直的意见，宰相不高兴，再次把他逐出朝廷。又被御史唐旻所陷害，接连被贬官。李辅国将太上皇帝迁居西宫，颜公为首带领群臣请安，又遭斥退。代宗时，与元载争论是非，元载企图蒙蔽皇帝，颜公极力指出他的罪行，再遭贬。杨炎、卢杞做德宗的宰相后，越加憎恨颜公的行为，接连贬他的官，还觉得不满意，李希烈攻陷汝州，卢杞便派颜公出使到李希烈处，希烈最初还因颜公的话而感到惭愧，后来终于将颜公缢死。这年颜公已七十七岁了。

天宝年间，很久没有见到过战争，安禄山叛乱之后，全国没有不感到震惊的。颜公偏能以小小的平原郡抵抗，于是挫败了安禄山的锐气，各地听到他抗敌的事迹，争相奋起，唐朝最后能得以重振，是颜公最先发起的。当颜公打开土门关后，同一天投奔颜公的就有十七郡，得军队二十余万。由此看来，只要事业正义而且为人忠诚，天下的人就会听从他。颜公从平原抗敌到死，将近三十年，小人继续执政，国家一天天走向衰败，藩镇大盗一个个兴起，皇帝每每离京避难。唐的在朝大臣，很多都害怕权相和藩镇，而持观望态度。能够身处朝廷，触犯一次当时的权势人物，失去自己的地位而不感到后悔的已是很少了。至于再三得罪权贵，失去自己的地位而不感到后悔的，大概已没有了。如果要做到爬起来又被摔倒，直到七八次，终于死而不自后悔的，普天下就只有一个人罢了，那就是颜公。颜公的学问和文章，往往掺杂着道教、佛教学说，不都合于理；但当他奋发而自我树立，能达到这样的高度，大约是天生的刚烈性格使他如此。所以颜公能够正确地对待死，还不足以看出他的伟大。为什么呢？到了力量穷尽的时候，为保持大义而不得不死，虽是中等的人也可以勉力为之，何况像颜公这样自信事业正义的人呢。只有历次触犯大奸臣，颠仆挫折，直到七八次，而始终不以死生祸福而有丝毫顾虑，要不是对真理和正义坚信不渝，是不能够达到这个境界的，这才足以看出颜公的伟大。

各时代的治和乱不相同，而士人的出仕或退隐也就各异，像伯夷的清高，伊尹的担当大任，孔子的审时度势，他们都各有大义。既然自比于古代能担当大任的人而做官，却又想瞻前顾后、回避沉默，像在社会上看行情做买卖一样，这样行么？所以孔子厌恶卑鄙的人，认为他们不可以为君主效力，而赞扬牺牲自己以成全仁德的人。像颜公，不就是孔子所说的具有仁德的人么？

当今皇上至和三年，尚书都官郎中、知抚州聂厚载君，尚书屯田员外郎、通判抚州林慥君，都仰慕颜公的刚烈，因为颜公曾任抚州刺史，于是建祠堂祭祀颜公。祠堂修成后，两君到我家对我说："希望能作文记述这事。"颜公显赫而不可磨灭的功绩，本来不在于祠堂的有无，大约当人们的向往之情还不足以表达时，不祭祀便无从表示自己极度的怀念之意。听到颜公刚烈的事迹已足以感动人，何况在他的祠堂里下拜而亲受感染呢！当今州县的政事，要不是法令所规定的，一般不再考虑。二君独独能追忆颜公的气节，尊崇并祭祀他，以教育当世的人们，做法令所没有规定的事，这真可说是有高尚志趣的人。

拟岘台记

本文作于宋仁宗嘉祐二年（1057）九月，作者这年三十九岁。本年三月，曾巩与弟曾牟、曾布等同登进士第。作者在文中记述了拟岘台的来历、今昔变化，最后以太守与州民同乐作结。作者记拟岘台所见，从水、山到村落、行人，以及景物的变化，主客登临的快乐，细针密线，宛如秀丽的风景画，足见其文笔之高妙。

尚书司门员外郎①、晋国裴君治抚之二年②，因城之

① 尚书司门员外郎：官名，属刑部，刑部又属尚书省，故称。 ② 晋国：地名，今山西省。裴君：据《临川县志》记载，其人为裴材。

东隅作台以游，而命之曰拟岘台，谓其山溪之形，拟乎岘山也[①]。数与其属与州之寄客者游其间，独求记于予。

初，州之东，其城因大丘，其隍因大溪，其隅因客土以出溪上。其外连山高陵，野林荒墟，远近高下，壮大闳廓，怪奇可喜之观环抚之东南者，可坐而见也。然而雨隳潦毁，盖藏弃委于榛丛茀草之间[②]，未有即而爱之者也。君得之而喜，增甓与土，易其破缺，去榛与草，发其亢爽，缭以横槛，覆以高甍[③]，因而为台，以脱埃氛、绝烦嚣，出云气而临风雨。然后溪之平沙漫流，微风远响，与夫波浪汹涌、破山拔木之奔放，至于高桅劲橹[④]、沙禽水兽下上而浮沉者，皆出乎履舄之下[⑤]。山之苍颜秀壁，巅岩拔出，挟光景而薄星辰。至于平冈长陆，虎豹踞而龙蛇走[⑥]，与夫荒蹊聚落，树阴晻暧[⑦]，游人行旅隐见而断续者[⑧]，皆出乎衽席之内[⑨]。若夫烟云开敛，日光出没，

---

① 岘(xiàn现)山：在今湖北襄阳南，因晋代羊祜守襄阳时常登此山，因而出名。 ② 茀(fú弗)：茂盛的草。 ③ 甍(méng蒙)：屋梁。这里代指亭阁。 ④ 桅：船上挂帆的竿。橹(lǔ鲁)：划船工具。这里都代指船。 ⑤ 舄(xì细)：鞋。 ⑥ “虎豹”句：活用“虎踞龙盘”的成语，形容山势雄壮险要。 ⑦ 晻(àn暗)暧(ài爱)：暗貌。 ⑧ 见(xiàn)：同“现”。 ⑨ 衽(rèn任)席：宴会时所设的席位，这里即指座位。

四时朝暮，雨旸明晦①，变化不同，则虽览之不厌，而虽有智者，亦不能穷其状也。或饮者淋漓，歌者激烈，或靓观微步②，旁皇徙倚，则得于耳目与得之于心者，虽所寓之乐有殊，而亦各适其适也。

抚非通道，故贵人富贾之游不至。多良田，故水旱螟螣之灾少③。其民乐于耕桑以自足，故牛马之牧于山谷者不收，五谷之积于郊野者不垣，而晏然不知桴鼓之警④、发召之役也。君既因其土俗，而治以简静，故得以休其暇日，而寓其乐于此。州人士女，乐其安且治，而又得游观之美，亦将得同其乐也，故予为之记。其成之年月日，嘉祐二年之九月九日也。

【翻译】

尚书司门员外郎、晋国裴君治理抚州的第二年，在靠城的东角建起一个台，以供游览，并为它取名叫拟岘台，意思是说那儿山峦溪水的形态，可以与岘山相比。裴君常同他的僚属及外地寄寓本州的宾客游于台上，偏要求我作一篇记。

起初，抚州城的东面靠着一座大山丘，城壕凭借一

---

① 旸（yáng 阳）：晴。 ② 靓：这里音、义都与“静”同。 ③ 螣（tè 特）：食禾苗的害虫名。 ④ 桴（fú 伏）：鼓槌。

条大溪流，城角是从别处运土筑成，突出在溪流的上面。东城外是连绵高峻的山陵，或林野莽莽，或山峦荒芜，远近高低，气象十分壮阔开朗，凡是环绕抚州城东南面的奇特而令人欣喜的景观，坐在城角都可以看见。然而经过雨水冲刷毁坏，城角逐渐掩埋废弃在树丛杂草之中，再没有登临并喜爱它的人了。裴君发现了这个地方，很高兴，于是砌砖填土，修好残缺的地方，除去杂树野草，展现它的高亢爽朗，再用栏杆围起来，修起亭阁，因而便建成了一座高台，一下子摆脱了灰尘俗气，隔绝了烦杂喧闹，矗立在云气之中，而任随风吹雨打。然后，那溪边平平的沙滩，溪中漫漫的流水，远处那微风吹拂的声音，加上溪中汹涌的波浪，破山拔树似的奔流，还有那高桅长桨的船只，沙上的鸟儿，水中的鱼类，上下浮沉，这一切都仿佛出于游人的脚下。山色是那么青苍，岩壁是那么秀美，峻峭的山崖拔地而起，沐浴着阳光，迫近了星辰。至于那平缓的山冈，绵长的土丘，像是蹲着的虎豹，飞驰的龙蛇，加上山间那荒凉的小路，丛丛的村落，掩没在树荫之中，来往的行人时隐时现、若断若续，这一切，又都可以坐在台上而尽收眼底。至于那云烟的忽散忽聚，阳光的时有时无，春夏秋冬，清晨傍晚，晴雨明暗，景色变化各不相同，虽是令人观赏不厌，但即使是再聪明的人，也不能够道尽那变化万端的景色了。拟岘台上的游人，有的开怀畅饮，引吭高歌；有的静观漫步，徘徊依栏。他们游台时耳闻目睹的景色和心中的感受，由此而得到的欢乐尽管各不相同，但人人都心满意足了。

抚州不是交通要道，所以贵人富商往往不到这里来游赏。但州里多良田，所以水旱虫灾很少。这儿的老百姓热爱耕种养蚕而过着自给自足的生活，所以山谷之间放牧的牛马，晚上不必牵回家，堆放在野外的粮食不必筑墙防护，过着平平安安的日子，没有听到过战鼓的鸣响，也没有被征当兵服役。裴君顺应当地的民俗土风，用简易清静的方法治理州政，所以能够有闲暇休息，在拟岘台上寄托他快乐的心情。州里的男男女女，很满意生活的安定和州事的治理，而又有了这么个游览观瞻的好地方，也必将在拟岘台上得到同样的乐趣，所以我为裴君作了这篇记。拟岘台建成的时间，是嘉祐二年九月九日。

尹公亭记

尹公，即尹洙（1001—1047），字师鲁，河南（今河南洛阳市）人，宋仁宗天圣二年（1024）进士，历任渭州（今甘肃陇西）、庆州（今甘肃庆阳）、晋州（今山西临汾）知州，后因挪用公款为部将偿债，贬为随州节度副使（治所在今湖北随县），一年多后移监均州（今湖北均县）酒税，因病逝世。尹洙是当时著名的古文作家，欧阳修等对他很敬重。英宗治平四年（1067），知随州李禹卿在尹洙原建茅亭的旧基上扩建“尹公亭”，第二年（神宗熙宁元年，1068）曾巩为新亭作了这篇记。这时作者在京师任修《英宗实录》检讨官。在记中，作者赞扬了尹洙身处逆境而泰然自若的精神,叙述了重建尹公亭的深远意义。

君子之于己,自得而已矣,非有待于外也。然而曰“疾没世而名不称焉”者①,所以与人同其行也。人之于君子,潜心而已矣,非有待于外也。然而有表其闾,名其乡,欲其风声气烈暴于世之耳目而无穷者,所以与人同其好也。内有以得诸己,外有以与人同其好,此所以为先王之道,而异乎百家之说也。

随为州,去京师远,其地僻绝。庆历之间,起居舍人、直龙图阁河南尹公洙以不为在势者所容谪是州②,居于城东五里开元佛寺之金灯院。尹公有行义文学,长于辨论,一时与之游者,皆世之闻人,而人人自以为不能及。于是时,尹公之名震天下,而其所学,盖不以贫富贵贱死生动其心,故其居于随,日以考图书、通古今为事,而不知其官之为谪也。尝于其居之北阜③,竹柏之间,结茅为亭,以茇而嬉④,岁余乃去。既去而人不忍废坏,辄理之,因名之曰尹公之亭,州从事谢景平刻石记其事。

---

① “疾没世而名不称焉”,见《论语·卫灵公》。 ② 起居舍人、直龙图阁:都是官名。 ③ 阜(fù付):小土山。 ④ 茇(bá拔):在草舍中止息。

至治平四年，司农少卿赞皇李公禹卿为是州[1]，始因其故基，增庳益狭，斩材以易之，陶瓦以覆之[2]，既成，而宽深亢爽，环随之山皆在几席。又以其旧亭峙之于北，于是随人皆喜慰其思，而又获游观之美。其冬，李公以图走京师，属予记之。

盖尹公之行见于事、言见于书者，固已赫然动人；而李公于是又侈而大之者，岂独慰随人之思于一时，而与之共其乐哉？亦将使夫荒遐僻绝之境，至于后人见闻之所不及而传其名、览其迹者莫不低徊俯仰，想尹公之风声气烈，至于愈远而弥新，是可谓与人同其好也。则李公之传于世，亦岂有已乎？故予为之书，时熙宁元年正月日也。

【翻译】

君子对于自己，只要心有所得就够了，不必要社会的承认。然而孔子说“君子引以为恨的，是到死而名声不被人家称颂”，这是希望大家与自己行为相同。人们对于君子，心中仰慕就行了，不必要去宣扬他。然而有在他的家门上挂上匾额以示表彰，也有用他的名字作乡

① 司农少卿：官名。赞皇：县名，今属河北省。 ② 陶：陶器，这里用如动词，指烧制瓦。

名，想让他的名声、气节与功业显现在世人的耳目中，从而流芳无穷，这也是希望大家与他有同样的喜好。在内满足于心有所得，在外表现出与人同好，这正是先王的主张，而不同于诸子百家的学说。

随作为一个州，离京师很远，地方偏僻。仁宗庆历年间，起居舍人、直龙图阁河南人尹洙公，因不为权势所容而被贬谪到这个州来，住在城东五里外开元佛寺的金灯院。尹公有高尚的德行和杰出的文学才能，擅长于辩论，一时与他交游的，都是当代著名的人物，而人人都自认为赶不上他。在这个时候，尹公的名声震动天下，然而他所学习修养的，是不因为贫富、贵贱、死生便动摇自己的信念，所以他住在随州，每天以研究图书、通晓古今为事，而仿佛不知道自己是被贬了官。曾经在他住所的北面山丘之上，翠竹苍柏之间，用茅草建起一个亭子，用来休息和游玩，一年多才离开。尹公离开随州后，人们不忍心让亭子废弃毁坏，便将它修理好，取名叫“尹公亭”，随州的幕府官谢景平刻石记述了这件事。到英宗治平四年，司农少卿赞皇人李禹卿公做随州知州，才将就原有的地基，将低矮处增高，狭窄处拓宽，砍树换掉旧亭，烧瓦盖上去。亭子修成后，既宽敞又高爽，环绕随州城的山，坐在亭子中都可看到。又将原先的旧亭子立在新亭的北边，于是随州人都很高兴，既满足了他们对尹公的思念，又得到了游览观赏的好地方。这年冬天，李公将亭子的图形送到京师，托我作记。

尹公表现在事业上的德行、见于书中的言论，本来已经显赫动人，而李公又通过重修尹公亭将他的影响扩而大之，这哪里仅仅是暂时安慰随州人民的思念，而与他们一起享受游览观赏之乐呢？而是要使这荒远偏僻的地方，到后人限于见闻对尹公不了解时，借亭子传扬尹公的名字，让瞻仰尹公遗迹的人无不在这里徘徊低首，怀念尹公的风采、气节和功业，以至时间越久而思念越新，这可以说是能与众人同其所好了。那么李公的名字传于后世，又哪会有止境呢？所以我替他写了这篇记，时间是熙宁元年正月某日。

兜率院记

兜率院，是分宁县（今江西修水县）的一座佛教寺院，这是作者为该院扩建所作的一篇记。宋王朝为了维护封建统治，除了尊崇儒教之外，还大力提倡佛教、道教，以致佛道盛行、寺观林立。本文先叙佛教泛滥的危害，次写作记之由，最后表明自己作文的意图。在记中，作者以僧人（其实是上层僧人）不劳而获、生活却极度奢华的事实，指出佛教对国家对人民所造成的严重危害；而寺庙敢于如此胡作非为，又正是得到统治者的提倡和支持，从而揭示了这个社会毒瘤的病根所在。自韩愈以后的许多古文家，站在维护儒家道统的立场上，都极力反佛。曾巩反佛的着眼点，更主要的是看到它在经济上给人民造成的巨大危害，这是积极而进步的。

古者为治有常道，生民有常业。若夫祝除发毛，禁弃冠环带袭，不抚枷耒机盎，至他器械，水土之物，其时节经营皆不自践，君臣、父子、兄弟、夫妇皆不为其所当然，而曰其法能为人祸福者，质之于圣人无有也。其始自汉魏，传挟其言者浸淫四出，抵今为尤盛。百里之县，为其徒者少几千人，多至万以上，宫庐累百十。大抵穹墉奥屋，文衣精食，舆马之华，封君不如也。古百里之国，封君一人，然而力殆不轻得足也。今地方百里，过封君者累百十，飞奇钩货以病民，民往往嚬呻而为涂中瘠者。以此治教信让，奚而得行也？而天下若是者，盖几宫几人乎？有司常锢百货之利，细若蓬芒，一无所漏失，仆仆然其劳也。而至于浮图，人虽费如此，皆置不问，反倾府空藏而弃与之，岂不识其非古之制邪？抑识不可然且固存之耶？愚不能释也。

分宁县郭内外，名为宫者百八十余所。兜率院在治之西十里，其徒尤相率悉力以侈之者也。其构兴端原，有邑人黄庠所为记。其后院主僧某，又治其故而大之。

殿舍中严，斋宫、宿庐、庖湢之房①，布列两序，厩库囷仓②，以固以密，资所以奉养之物，无一而外求。疏其事而来请记者，其徒省怀也。

噫！子之法，四方人奔走附集者，衎衎施施③，未有止也。予无力以拒之者，独介然于心，而掇其尤切者，为是说以与之。其使子之徒，知己之享利也多，而人蒙病已甚，且以告有司，而谂其终何如焉④。

【翻译】

在古代，治理国家有不变的思想和制度，老百姓有固定的职业。至于剃掉头发，抛弃中国人所穿戴的帽子衣服，从不摸连枷、犁头、机械、器皿，以至其他工具，田地里的庄稼，各季节的农活，也都从不动手，君臣、父子、兄弟、夫妇彼此之间应当做的事他们都不做，将这看做理所当然，而自称他们的佛法能给人带来灾难或幸福，考察圣人的著作，是绝没有这种事的。佛教在中国始于汉魏，后来传播和信仰它的人渐渐流布于各地，到今天尤其兴盛。一个百里方圆的县，佛门弟子少的有近千

---

① 湢（bì 必）：浴室。 ② 囷（qūn 群，阴平）：圆形谷仓。 ③ 衎衎（kàn 看）施施：都是快乐自得的样子。 ④ 谂（shěn 审）：知道。

人，多的达到万人以上，寺庙加起来有成十上百座。这些僧人，一般都住的是高墙深屋，穿的是漂亮衣服，吃的是精美食物，车马的华丽，连享有封邑的人也赶不上。古代百里大小的诸侯国，只有封君一人，然而物力财力还不容易满足他的需求。如今是同样大小的百里之县，超过古代诸侯享受的人就有成十上百，他们用各种手段掠取财物，为害百姓，百姓往往痛苦呻吟而饿死在路边。由于这样，国家的政治教化和诚信谦让之风，怎么还能够推行得下去呢？而普天之下像这个样子的，又有多少寺庙多少僧人呢？有关政府部门经常查禁百货交易的利润，哪怕细微得如同蓬草的草尖儿，也绝不放过，猥琐烦扰，真够辛苦的。然而对于佛寺，僧侣们虽奢侈耗费如此之大，却都不闻不问，反而还尽其府库所有给与他们，难道不知道佛教并不是古代的制度吗？或者是明知不可却一定要让它保存发展下去么？对这现象，我真不能理解。

分宁县的县城内外，称作佛宫的有一百八十多所。兜率院在县城西边十里，院里的僧人更是全力以赴地竞相奢侈。这座庙宇的起源和历代兴建情况，有本县人黄庠所作的记在。后来院主某僧，又将原先的庙宇整修并加以扩大。殿堂内十分肃穆，斋堂、宿舍、厨房、浴室，排列两厢，马圈粮仓，又坚固又严密，供给僧人们享用的东西，没有一样需要向外求购。陈述该寺扩建情况并来请我作记的，是佛徒省怀。

唉！你们的佛法，四方的人高高兴兴地奔走归附，还没有停止。我没有力量阻止他们，只是对此耿耿于怀，而选取佛教为害最深的，写了上面的话交给你，从而使你们这些佛徒明白自己享受的利益太多，而百姓受害已太深重。并且也将这情形告诉有关官府，让他们知道，如此下去，结果将会怎么样。

越州赵公救灾记

本文是曾巩晚年所作。越州，治所在今浙江绍兴。赵公即赵抃(1008—1084)，字阅道，衢州西安(今属浙江衢州)人，宋仁宗景祐初为殿中侍御史，能不畏权势，人称“铁面御史”。后来多次做地方长官，颇著政绩，神宗初擢参知政事。本文记述神宗熙宁八年(1075)秋到第二年夏赵抃在越州救灾的事迹，既反映了当时灾民生活的悲惨，也歌颂了赵抃为救灾而尽心尽力、早晚不懈的精神，教育并号召其他官吏向赵抃学习，表现了作者注重民生疾苦的思想。作者用简洁之笔，具体而详尽地记录了赵抃救灾的各项措施，既为当时其他官吏提供了可资效仿的实际经验，又使文章内容充实，富有说服力。

熙宁八年夏，吴越大旱[①]。九月，资政殿大学士、右谏议大夫、知越州赵公[②]，前民之未饥，为书问属县：灾所被者几乡？民能自食者有几？当廪于官者几人[③]？沟防构筑可僦民使治之者几所[④]？库钱仓粟可发者几何？富人可募出粟者几家？僧道士食之羡粟书于籍者，其几具存？使各书以对，而谨其备。

州县吏录民之孤老疾弱、不能自食者二万一千九百余人以告。故事，岁廪穷人当给粟三千石而止[⑤]。公敛富人所输及僧道士食之羡者，得粟四万八千余石，佐其费。使自十月朔，人受粟日一升，幼小半之。忧其众相蹂也，使受粟者男女异日，而人受二日之食。忧其且流亡也，于城市郊野为给粟之所，凡五十有七，使各以便受之，而告以去其家者勿给。计官为不足用也，取吏之不在职而寓于境者，给其食而任以事。不能自食者，有是

---

① 吴越：今江苏、浙江一带。 ② 资政殿大学士、右谏议大夫：官衔名。知越州：即"知越州军州事"的简称，为越州的地方行政长官。 ③ 廪(lǐn 凛)：仓库。这里用作动词，从仓库中发给口粮的意思。 ④ 僦(jiù 就)：租赁，雇用。 ⑤ 石(dàn 旦)：重量单位，一百二十斤为一石。

具也。能自食者，为之告富人，无得闭粜[①]。又为之出官粟，得五万二千余石，平其价予民。为粜粟之所，凡十有八，使籴者自便[②]，如受粟。又僦民完城四千一百丈，为工三万八千，计其佣与钱，又与粟再倍之。民取息钱者，告富人纵予之，而待熟，官为责其偿。弃男女者，使人得收养之。

明年春，大疫，为病坊，处疾病之无归者。募僧二人，属以视医药饮食，令无失所恃。凡死者，使在处随收瘗之。

法，廪穷人，尽三月当止，是岁尽五月而止。事有非便文者，公一以自任，不以累其属。有上请者，或便宜多辄行。公于此时，蚤夜惫心力不少懈，事细巨必躬亲。给病者药食，多出私钱。民不幸罹旱疫，得免于转死；虽死，得无失敛埋，皆公力也。

是时旱疾被吴越，民饥馑疾疠，死者殆半，灾未有巨于此也。天子东向忧劳，州县推布上恩，人人尽其力。公所拊循，民尤以为得其依归。所以经营绥辑先后始终之际，委曲纤悉，无不备者。其施虽在越，其仁足以示天下；其事虽行于一时，其法足以传后。盖灾沴之行[③]，治

---

① 粜(tiào 跳)：卖出米粮。 ② 籴(dí 敌)：买入米粮。
③ 沴(lì 丽)：灾气。

世不能使之无，而能为之备。民病而后图之，与夫先事而为计者，则有间矣；不习而有为，与夫素得之者，则有间矣。予故采于越，得公所推行，乐为之识其详。岂独以慰越人之思，将使吏之有志于民者，不幸而遇岁之灾，推公之所已试，其科条可不待顷而具，则公之泽岂小且近乎！

公元丰二年以大学士加太子少保致仕[①]，家于衢。其直道正行在于朝廷、岂弟之实在于身者[②]，此不著。著其荒政可师者，以为《越州赵公救灾记》云。

【翻译】

熙宁八年夏天，吴越一带遇到大旱灾。这年九月，资政殿大学士、右谏议大夫、知越州赵公，在老百姓还没有闹饥荒之前，便写信问所属各县：遭灾的有多少乡？百姓自己能生活下去的有多少？应当从官仓中发粮救济的有多少人？沟河城防一类建筑工程，可以雇用百姓去修治的有多少处？官府的钱粮，可以发下去的有多少？富裕人家可以动员捐纳粮食的有多少户？和尚道

---

① 元丰：宋神宗年号。元丰二年即公元 1079 年。大学士、太子少保：都是官衔名。 ② 岂弟（kǎi 凯 tì 替）：同“恺悌”，和气而平易近人。

士和学生吃用不完的余粮，凡登记在账簿上的，现在实存的还有多少？让各县将这些写成材料报上来，以便做出周密的救灾准备。

州县官吏统计百姓中的孤老病弱、不能养活自己的共二万一千九百多人，报告上去。按旧例，越州每年救济穷人，只发给三千石粮食。赵公收得富人上缴与和尚道士学生的余粮，共得四万八千余石，用以补助救灾的费用。使穷人从十月初一起，每人每天领粮一升，小孩领半升。又担心领粮的人多拥挤践踏，便让他们按男女分日前往，而每人一次领两天的粮食。又担心他们可能流亡到外地，于是把发粮的地点设在城郊，共有五十七处，让各自在方便的地方领取，告诉他们凡离开家的，就不再发粮。估计到办理救济的官吏不够使用，于是将没有实职而居住在越州境内的官吏召集起来，给他们口粮，使他们分任救灾事务。对于自己无法谋生的灾民，采取了这些措施。能够自己维生的，官府便为他们通告富人，不准停止卖粮。又为他们拿出官粮，共五万二千余石，用低价卖给百姓。设置卖粮处，共十八个，让买粮人到方便的地点购买，也像领粮的一样。又雇用百姓修好城墙四千一百丈，共用工三万八千个，计算各人的工作量给钱，又给予双倍的口粮。百姓愿借利息钱的，叫有钱人家尽量借给他们，等到庄稼成熟，由官府责令借贷人还债。有被遗弃的男女小孩,准许别人收养。

第二年春天,瘟疫流行,又设置病房,让病人中无家可归的居住。每处召募和尚二人,嘱托他们照看病人的医药饮食,使病人不至于失去依靠。凡有病死的,让各处安埋。

按规定,给穷人发救济粮,到三月底就应停止,这年发到五月底才停。事情凡有不符合法定手续、而又不得不办的,赵公便自己一人承担责任,不因此而牵累下属。凡下面有提出请求的,只要有利于救灾,大多立即实行。赵公在救灾期间,从早到晚费尽心血,没有稍许懈怠,大小事都亲自处置。为供应病人药物饮食,他还拿出了不少私人的钱财。老百姓不幸遭到旱灾瘟疫,能够免于流离而死,即使死了,也不至于无人收葬,都是赵公所出的力。

那时旱灾和瘟疫遍布吴越,百姓因饥饿和疾病而死的将近一半,灾害没有比这次更大的了。皇帝望着东方十分忧虑,州县官推广传布皇帝的恩德,人人都尽了自己的力。赵公所治理安抚的越州,百姓尤其感到有所依靠。赵公所经办的救灾和安定百姓的事业,前前后后,自始至终,可说是周到细密,没有不完备的。他的措施虽只在越州推行,但他的仁德却完全可以成为全国的典范;他所做的一切虽只用于救灾期间,但他的方法却完全可以流传后世。大凡灾害的流行，即使是太平盛世也不可能没有，重要的是能够防备。百姓受了害然后才打主意，与在还没有出事之前就想办法，两者差距很大；不熟悉救灾的方法和经验而想临事有所成就，与平时就心中有数的，两者也很不相同。因此我在越州访询赵公的事迹，弄清了他当年救灾所实行的各种办法，并乐意将这些详细地记录下来，这何止是为了安慰越州人民对赵公的思念之情，更是想让官吏中愿意为百姓着想的人，假如不幸也遇到灾荒年，能够采用赵公曾经行之有效的措施，那他抵御灾害的办法，就会一下子全有了。真能如此，那么赵公的恩惠，又哪里是小而且近呢！

赵公在元丰二年以大学士加太子少保辞官退休，居住在衢州。他在朝廷做官期间的鲠直之道和方正德行，他身上具有的那种和气而平易近人的品格，这里都不写，而只记述他在灾荒面前所建树的可供人师法的业绩，用来写成这篇《越州赵公救灾记》。

议经费札子

札子,是官员上殿所呈奏章的一种。本文作于宋神宗元丰三年(1080)十一月,曾巩于这月二十一日在垂拱殿进呈札子五道,这是其中之一。这年作者已六十二岁。经费短缺,是宋代历朝都存在的严重问题。国家之所以穷,据作者分析,一是冗官增加太多,二是郊祀的费用开销太大,因此提出查考前代的有关资料,“可罢者罢之,可损者损之”,同时提出“明法度”,使节俭制度化。这些主张,对于限制统治集团的奢侈浪费和改革臃肿庞大的官僚机构,有一定进步意义。本文保存了北宋中期部分经济史料,颇值得珍视。

臣闻古者以三十年之通制国用，使有九年之蓄。而制国用者，必于岁杪①，盖量入而为出。国所不可俭者，祭祀也，然不过用数之仂②，则先王养财之意可知矣。盖用之有节，则天下虽贫，其富易致也。汉唐之始，天下之用常屈矣，文帝、太宗能用财有节，故公私有余，所谓天下虽贫，其富易致也。用之无节，则天下虽富，其贫亦易致也。汉唐之盛时，天下之用常裕矣，武帝、明皇不能节以制度，故公私耗竭，所谓天下虽富，其贫亦易致也。

宋兴，承五代之敝，六圣相继③，与民休息，故生齿既庶，而财用有余。且以景德、皇祐、治平校之④：景德户七百三十万，垦田一百七十万顷；皇祐户一千九十万，垦田二百二十五万顷；治平户一千二百九十万，垦田四百三十万顷。天下岁入，皇祐、治平皆一亿万以上，岁费亦一亿万以上。景德官一万余员，皇祐二万余员，治平并幕职、州县官三千三百余员，总二万四千员。景德郊费六百万⑤，皇祐一千二百万，治平一千三百万。以二者校之，官之众一倍于景德，郊之费亦一倍于景德。官之数

---

① 杪(miǎo 秒)：末尾。 ② 仂(lè 勒)：零数，余数。见《礼记·王制》郑玄注。 ③ 六圣：指宋太祖、太宗、真宗、仁宗、英宗、神宗六位皇帝。 ④ 景德：宋真宗年号(1004—1007)。皇祐：宋仁宗年号(1049—1054)。治平：宋英宗年号(1064—1067)。 ⑤ 郊费：郊祀的费用。郊，指在京城郊外祭祀天地。

不同如此，则皇祐、治平入官之门多于景德也；郊之费不同如此，则皇祐、治平用财之端，多于景德也。诚诏有司按寻载籍，而讲求其故，使官之数、入者之多门可考而知，郊之费、用财之多端可考而知，然后各议其可罢者罢之，可损者损之。使天下之入，如皇祐、治平之盛，而天下之用、官之数、郊之费皆同于景德，二者所省者盖半矣。则又以类而推之，天下之费有约于旧而浮于今者，有约于今而浮于旧者，其浮者必求其所以浮之自而杜之，其约者必本其所以约之由而从之。如是而力行，以岁入一亿万以上计之，所省者十之一，则岁有余财一万万。驯致不已，至于所省者十之三，则岁有余财三万万。以三十年之通计之，当有余财九亿万①，可以为十五年之蓄。自古国家之富，未有及此也。古者言九年之蓄者，计每岁之入存十之三耳，盖约而言之也。今臣之所陈，亦约而言之。今其数不能尽同，然要其大致，必不远也。前世于雕敝之时，犹能易贫而为富，今吾以全盛之势，用财有节，其所省者一，则吾之一也，其所省者二，则吾之二也。前世之所难，吾之所易，可不论而知也。

---

① 九亿万：按现在的计数法，应是九十万万，即九十亿。

伏惟陛下冲静质约，天性自然。乘舆器服，尚方所造[1]，未尝用一奇巧。嫔嫱左右，掖庭之间[2]，位号多阙。躬履节俭，为天下先。所以忧悯元元，更张庶事之意，诚至恻怛，格于上下。其于明法度以养天下之财，又非陛下之所难也。臣诚不自揆，敢献其区区之愚，惟陛下裁择，取进止。元丰三年十一月二十一日垂拱殿进呈。

【翻译】

我听说古时候以三十年拉通计算，制订国家收支计划，使国家有九年的积蓄。而制订国家收支计划，必定在年末，是为了根据本年的收入而决定来年的支出。国家不可俭省的支出是祭祀，然而不超过本年总支出数的零头，古代帝王储积财富的用心，从这里便可知道了。大约只要支用有节制，那么国家虽是贫穷，富裕也容易达到。汉、唐建国之初，国家的财用曾很窘迫，汉文帝、唐太宗能够用财有节制，所以公家、私人都有剩余，这便是我所说的国家虽贫穷，富裕也容易达到的事例。耗费无节制，那么国家虽然富裕，贫乏也容易到来。汉、唐全盛的时代，国家的财用曾是很充裕的，汉武帝、唐玄宗不

---

① 尚方：官署名，掌制造帝王所用器物。 ② 掖庭：宫中的旁舍，妃嫔所居住的地方。

能用制度来节制开支，所以公家、私人都耗费殆尽，这便是我所说的国家虽是富裕，贫乏也容易到来的事例。

大宋建国，上承五代经济的凋敝，六位圣主代代相传，让人民休养生息，所以人口既多，而财用仍有盈余。这里姑且以景德、皇祐、治平三个时期作比较：景德有户七百三十万，种田一百七十万顷；皇祐有户一千零九十万，种田二百二十五万顷；治平有户一千二百九十万，种田四百三十万顷。国家每年的收入，皇祐、治平都在一亿万贯以上，每年支出也在一亿万贯以上。景德有官一万余名，皇祐二万余名，治平时加上幕职、州县官三千三百余名，总计二万四千名。景德郊祀费用为六百万贯，皇祐一千二百万贯，治平一千三百万贯。用两者比较，皇祐、治平官吏比景德多一倍，郊祀费用也比景德多一倍。官吏的数量如此不同，是因皇祐、治平进入仕途的门路比景德多；郊祀的耗费如此不同，是因皇祐、治平花钱的地方比景德多。如能命令有关部门翻检文献资料，而研究其中的原因，把官吏人数、入官的各种渠道查考清楚，也把郊祀的费用、花钱的各种地方查考清楚，然后分别审议，将其中可以废除的废除，可以减省的减省。让国家的收入有如皇祐、治平这么丰富，而国家的支出、官吏的数量、郊祀的费用都与景德时代相同，两者折算，节省下来的钱大约有一半。又以此类推，全国的费用，有过去开支较少而如今开支很高的，有目前开支较少而从前却很高的，凡是增高了的，一定要找出它增高的原因并加以杜绝，凡是缩减了的，一定要根据缩减的原因而照此执行。像这样努力办理，以年收入一亿万贯以上计算，节省下来的有十分之一，那么每年有余额一万万贯。逐渐扩大而不停顿，直到节省额达到十分之三，那么每年有余钱三万万贯。以三十年拉通计算，就有余钱九亿万贯，可以作为十五年的蓄积。从古以来国家的富裕，还没有达到这样的程度。古时候说九年储备，是计算每年的收入储存十分之三，这是就大概而说的。如今我所陈述的，也是就大体而言。所举的数字不可能与实际完全相同，然而从总的说来，必定相差不远。前代在经济残破的时候，还能够变贫为富；今天我们以全盛的国势，只要用财有节制，节省下来一个，便是我的一个，节省下来两个，便是我的两个。前代所难于办到的，我们则容易办到，不必详说就可以明白了。

我想，陛下淡泊质朴，出于自然的天性。车马器物衣服，凡尚方所制造的，不曾使用过一件奇特工巧的物品。身边的妃嫔，掖庭的女官，官位名号多有缺员。亲身实行节俭，率先为天下作出了榜样。陛下忧虑同情百姓、革新各项政事的心意，极为真诚痛切，足以感动天地。而且申明法令制度，从而蓄养天下的财富，又不是陛下所难办到的。我实在不自量，敢于献上这一点点愚陋的意见，请求陛下裁定选用，或进或止，请予决定。元丰三年一月二十一日垂拱殿进呈。

邪正辨

宋仁宗、神宗两朝，朝廷政治斗争剧烈，其焦点是革新、变法与守旧，因而作家们辨析朋党、忠奸、邪正之类的论文也不少。本文作年不详，因而曾巩所谓邪、正的具体所指不得而知，但据文中说方正的人认为“天下未治”而任用又往往是“未至于其终而质其效”，看来所说“正者”应是指主张革新的官员，故本文可能作于庆历新政期间或稍后。作者提出，对于正和邪，都不应只停留在言行的表面现象上，而要“本其情”，从而“考其实”，这就是辨邪正的方法。但到此还不够。既然能明辨邪正，就应当善于任用方正的人，并责成他治理好国家。但要做到这点很不容易，邪者往往取胜。因为涉及到最高统治者，故作者委婉其词，但我们从字里行间仍可以看出他规谏的深意。最后，作者从反面设问，再次阐明由迹、情到实的辨邪正的原则。应该说，作者关于透过现象看本质，从而去了解一个人的方法，是比较科学的。当然，作者当时还不可能用阶级分析的方法，进而透视所谓正者、邪者所代表的社会阶级或集团的利益，是其历史的局限。

正者一，邪者一，乌知正者之为正，邪者之为邪欤？曰：考其实焉尔。言者曰："某，正人也。"必考焉，其言与行果正也，犹曰无乃其迹然欤？必也本其情，情果正也，斯正人也。曰："某，邪人也。"必考焉，其言与行果邪也，亦曰无乃其迹然欤？必也本其情，情果邪也，斯邪人也。必本其情者，为迹之未可以必信也。迹之未可以信者，有无之，有似之，有构之者也。以正人焉，俟之无疑之也，有间之必辨焉，不阴受之也。以邪人焉，处之勿迩之也，有助之必辨焉，不阴受之也。审邪正之术循是也，不失矣。

抑未尽于是也。孰谓未尽？任与责之之谓也。正者曰："天下未治也。"以天下之事考之，见未治焉，安得不任之以救其未治也？邪者曰：“已治矣。”则思曰：我之天下未治也。正者曰：“用是策可以治。”以先王之道、人之情考之，见可以治焉，安得不用其策邪？邪者曰：“彼策也，不可用。”则思曰：我考之可用也，必也待其终而质其效。不戾于其始也有赏，戾则有咎。未至于其终而质其效，赏与咎无所委焉。不苟然而易也，任与责之之术如是也。故正者得尽其道，邪者不得其间于冥冥之间，于计也素定，于信用也不轻以蔽，于号令也一，于赏罚也明，于治也几矣。考其实尔，此之谓也。不知正者之为正，邪者之为邪，岂异焉？不此之尚而已。言者曰：“某正人也，某邪人也。”因亦曰：“某正人也，某邪人也。”于其言与行则未之考也。苟考焉，则亦其迹而已矣，或无之，或似与构之者也，于其情则未之考也。以正人俟之，或疑焉，有间之者则阴受之，不之辨也；以邪人处之，或迩焉，有助之者则阴受之，不之辨也。正者曰：“天下未治也。”邪者曰：“已治也。”邪者胜正者十常八九。以天下之事考之耶？则未尝也。任正者之策，邪者曰“可置”，则必置之。以先王之道、人之情考之，待其终而质其效，正者赏与咎耶？则未尝也，其于是非用舍苟焉而已也。夫然，故正者不得尽其道，邪者得间之于冥冥之间，于计无必定也，于信用轻以蔽也，于号令也二，于赏罚也不明，于治也疏矣。正与邪两尊焉，一日而有败，乌有职其责者欤？

或曰："大贤大佞，殆不可以考其实也。"曰：子之言不可以考其实者，不以大贤之为贤，大佞之为佞，或无其迹欤？吾固言之也，无其迹则孰由而知之欤？必也本其情之谓也。本其情，是以考其实矣，岂不可欤？知不循其迹，又不本其情，而欲知其贤与佞，顾非不可欤？然则子之言者，恶其迹之难知也。吾云尔者，以其情而知之也，其意易者鲜矣。

【翻译】

有一个方正的人，有一个奸邪的人，怎么知道方正的人方正在什么地方，奸邪的人奸邪在什么地方呢？回答道：考察他的实质就是了。有人说："某人是个方正的人。"一定要考察，如果那人的言论行动果然是方正的，还要怀疑不会是表面现象吧？一定还要弄清他的真实用心，用心果真也是方正的，这就应当是方正的人了。有人说："某人是个奸邪的人。"一定也要考察，如果那人的言论和行动果然奸邪，也还要怀疑会不会是表面现象如此呢？也一定要弄清他的真实用心，用心果真是奸邪的，这就肯定是奸邪的人了。一定要弄清他的真实用心，是因为表面现象不一定都靠得住。表面现象不一定都靠得住，是因为有些本来就不存在，有些又似是而非，有些则是别人捏造的。确信他是方正的人了，便真诚待他而不生疑心，有人挑拨离间一定要能辨别，不要暗中接受他的影响。确信他是奸邪的人了，与他相处而不要靠近他，有人帮助他一定要能辨别，也不要暗中接受他的影响。明辨奸邪、方正的方法，如果能遵循这个原则，就不会有失误了。

或许只到这一步还不够。怎么说还不够呢？我是指的任用和责成。方正的人说："国家还没有治理好。"根据国家的情况考察，发现确实还没有治理好，为什么不任用他去补救那些还没有治理好的地方呢？奸邪的人说："国家已经治理得很好了。"那么就得想一想：我们的国家恐怕还没有治理好。方正的人说："用这些办法可以使国家得到治理。"用先王的大道、人民的愿望去考察，看出他的办法确实可以治理好国家，为什么不用他的办法呢？奸邪的人说："他的办法不可用。"那么就得想一想：我考察过，是可以用的，一定要等待他实施的结果再评议他的成效。如果一开始似乎没有什么妨害就行赏，有了妨害就怪罪，没有等到他施行的结果而去评议其成效，赏与罚就都没有依据。不随便更改当初的决定，任用和责成的方法就是如此。这样，方正的人便能完全推行他的措施，奸邪人暗中的挑拨离间便不可能得逞。在决策上要连续稳定，在信任使用上既不轻率，也不受人蒙蔽,发号施令要前后一致,赏罚要分明,那么治理好国家,便差不多可以实现了。考察他的实质,就是指的这些。不知道方正的人方正在什么地方,奸邪的人奸邪在什么地方,有什么奇怪呢?不善于这样去考察罢了。有人说:"某人是方正的人,某人是奸邪的人。"因而自己也跟着说:"某人是方正的人,某人是奸邪的人。"对那人的言论和行动则没有考察,即便是考察过,也不过是他的表面现象而已,有的本来就不存在,有的似是而非和无中生有,对他的真实用心则没有考察。把他作为方正的人对待,有人又生疑心,有人挑拨离间便暗中接受其影响,而不加察辨;把他作为奸邪的人相处,有时又去靠近他,有帮助奸邪的,自己也暗中受他的影响,而不加察辨。方正的人说:"国家还没有治理好。"奸邪的人却说:"已经治理好了。"奸邪的人战胜方正的人,十回常常有八九回。用国家的实际情况去考察谁是谁非呢,自己却没有做过。采用了方正的人的措施,奸邪的人说"可以放弃",于是便一定要放弃。用先王的大道、人民的愿望去考察那措施是否对,等他施行有了结果再评议是否有成效,然后对方正的人实行赏或者罚呢,自己也没有这样做,对于谁是谁非、用与不用,随意决定而已。就这样,所以方正的人不能将他的治国措施推行到底,奸邪的人能够在不知不觉中搞挑拨离间,决策无法确定，在信任使用上轻率而容易受蒙蔽，号令不统一，赏罚不分明，想求国家得到治理，怕就差得远了。方正的和奸邪的两者都得到重用，一旦败了事，谁又负主要责任呢？

有人说："大贤人，大奸佞这两种人，大约不能考察到他的实质。"我回答道：你所说的不能考察到他的实质，是不是认为大贤人的贤，大奸佞的佞，或许连一点儿迹象都不表露呢？我已经说过，如果没有一点儿迹象，那从哪里去了解他呢？那就一定要弄清他的真实用心，我说的就是这个意思。弄清真实用心，这也就是考察他的实质，哪有不可以的呢？要知道既不追踪他的表面现象，又不愿弄清他的真实用心，而想了解那人是贤人还是奸佞，岂不是办不到么？然而你所说的，无非是厌恶他的表现难于知道罢了。而我说的这一点，就是以他的真实用心去了解他，这个意思能够改变的恐怕很少。

读贾谊传

贾谊传，见于《史记》和《汉书》。贾谊，洛阳人，年少多才，有卓越的政治见解和文学才能，汉文帝本想重用他，但被旧臣排挤，终于郁郁而死。曾巩这篇读后感，一是谈自己从三代、两汉的文章中所获得的巨大教益，从而使我们了解到作者成为卓越的古文大家的重要原因；二是赞扬贾谊的政治才能和文章辞赋，提出了古诗“皆古穷人之辞”的看法，为贾谊的不幸遭遇大鸣不平。同时借题发挥，说明自己的文章、穷饿和不被人了解，都有如贾谊，因而也为自己满腹文章而不遇鸣不平。本文大约作于早年，表现了作者建功立业的强烈愿望。

余读三代两汉之书，至于奇辞奥旨，光辉渊澄，洞达心腑，如登高山以望长江之活流，而恍然骇其气之壮也。故诡辞诱之而不能动，淫辞迫之而不能顾，考是与非若别白黑而不能惑。浩浩洋洋，波彻际涯，虽千万年之远，而若会于吾心，盖自喜其资之者深而得之者多也。既而遇事辄发，足以自壮其气，觉其辞源源来而不杂，剔吾粗以迎其真，植吾本以质其华。其高足以凌青云，抗太虚，而不入于诡诞；其下足以尽山川草木之理，形状变化之情，而不入于卑污。及其事多，而忧深虑远之激扞有触于吾心，而干于吾气，故其言多而出于无聊，读之有忧愁不忍之态，然其气要以为无伤也，于是又自喜其无入而不宜矣。使予位之朝廷，视天子所以措置、指画、号令天下之意，作之训辞，镂之金石，以传太平无穷之业，盖未必不有可观者。遇其所感，寓其所志，则自以为无伤也。

余悲贾生之不遇。观其为文，经画天下之便宜，足以见其康天下之心；观其过湘为赋以吊屈原①，足以见其悯时忧国，而有触于其气。后之人责其一不遇而为是忧怨之言，乃不知古诗之作，皆古穷人之辞，要之不悖于道义者，皆可取也。贾生年少多才，见文帝，极陈天下之

① 为赋：指贾谊《吊屈原赋》，见王逸《楚辞章句》。

事，毅然无所阿避。而绛、灌之武夫相遭于朝[1]，譬之投规于矩，虽强之不合，故斥去，不得与闻朝廷之事，以奋其中之所欲言。彼其不发于一时，犹可托文以摅其蕴，则夫贾生之志，其亦可罪耶？

故予之穷饿，足以知人之穷者，亦必若此。又尝学文章，而知穷人之辞，自古皆然，是以于贾生少进焉。呜呼！使贾生卒其所施，为其功业，宜有可述者，又岂空言以道之哉？予之所以自悲者，亦若此。然世之知者，其谁欤？虽不吾知，谁患耶？

【翻译】

我阅读三代、两汉的书，读到那些奇特的文辞，深奥的文意，只觉得光辉灿烂，渊深波澄，贯穿肺腑，好像登上高山而俯望长江滚滚的流水，猛然间惊骇那气魄的雄壮。所以尽管奇诡的文辞如何诱人，我也不发生动摇，淫哇的文风如何逼人，我也不屑一顾，判定是与非像分别黑白一样，而不受迷惑。三代、两汉的文章，像是浩瀚广博的海洋，波涛一直涌向岸边，虽然距今有千万年之远，然而仿佛仍能使我心领神会，自己为从那儿获取之

① 绛、灌："绛"指绛侯周勃，"灌"指灌婴。汉文帝欲重用贾谊，绛、灌等诋毁他，于是出为长沙王太傅。

深和得益之多而感到十分喜悦。从此之后，凡遇事就常常触发起我的灵感，足以壮大自己文章的气势，觉得三代、两汉的古文辞源源不断地涌来，精粹而不驳杂，于是剔除原有的粗俗去接受那真纯的文风，培植着我的根本而使华靡变得质朴。写高处足以超越青云，直抵太空，但是又不流于奇诡怪诞；写地下足以曲尽山川草木的义理，形状变化的情景，但是又不流于卑下污浊。到我遭遇的事情多了，而深远的忧虑互相激荡撞击，触动着我的心，冲击着我的精神，所以这时话就多了，出于无可聊赖，于是所写文章读起来就有忧愁不忍完篇的感觉，然而那情感，总的说来又觉得是忧而无害，于是自己又为无论写到哪里都无不适宜而感到十分喜悦。假使让我处在朝廷，亲自看到天子办理、筹划、号令天下的美意，把那些教导人民的话写下来，刻在钟鼎碑碣上，将太平久远的业绩传下去，大概不一定写不出可观的文字来。遇到了有所感触的事，从而寄托自己的心志，那么自认为都不会有害。

我为贾谊的不被重用而感到悲哀。读他所写的文章，经营筹划天下的大事，足以看到他安定天下的心。看他过湘江作赋以吊念屈原，足以表现他愤慨时事、忧虑国家，而了解了他的感情。后世的人责备他一旦不受重用便写下如此忧伤怨愤的文字，乃是不懂得古代的诗赋，都是古代穷窘之人的文辞，只要总的说来不违背道义，便都是可取的。贾谊年轻而多才，拜见汉文帝，极力陈述天下的大事，毅然无所回避。然而与绛侯、灌婴之类武人在朝廷中相遇，好比把圆的东西放入方的里面，虽然如何勉强，也不能相合，所以贾谊被排斥出去，不能够参与决定朝廷中的事，从而发挥他心中想要说的话。他的满怀志向不能在朝廷上发挥出来，还可以寄托在文章中，从而抒发胸中的郁结，那么贾谊的志向，也可以怪罪吗？

所以我的穷困饥饿，足以了解他人到了穷困的时候，也必定会像贾谊一样。我又曾学作文章，而知道凡是穷窘之人的文辞，自古都是这样，所以从贾谊身上，使我写文章有了一点进步。啊！假如让贾谊实践他的措施，建立起他的功业，一定有值得称述的，又何必用空洞无用的话来抒发自己的悲愤呢？我自己感到悲哀的，也正好与此相同。然而世上了解我的，又有谁呢？虽无人了解我，那又是谁的损失呢？

说 官

宋代官僚制度的严重弊病，当时许多有识之士都曾指出，这是比较尖锐的篇章之一。在文中，作者首先叙述了上古帝王、尤其是舜的设官用人的原则，然后列举了宋代的弊端，主要有计资而升、不问能否、任之不久、在职而不负责等等，结果是官吏怠忽，国家不治。怎么办？作者在文末提出了变革官僚制度的主张，即恢复古代的用人原则。当然，曾巩所说的舜能用人，从而实现了无为而治，是根据《尚书·舜典》，多出于古代的传说和儒家的理想，但作者托古以变法的思想，是符合当时进步的时代潮流的。

古者命官各因其材，而致于久也，则必总核而升绌之①，所以适于治之要也。帝王之法皆然，而尤详于舜。舜之分任九官②，其人皆禹、稷、皋陶仁智大人也③。然而即知水土，必以为司空④，不以为虞⑤；知五教⑥，必以为司徒⑦，不以为士师⑧，以有宜也。三年一考绩，九年一绌陟。水土不治责司空，蛮夷奸宄不禁责士师⑨，以有守也。其法之大较。鲧一以不胜任而殛死焉⑩。盖明其材，分付责任，久其岁时，严其诛赏也如此。故百官各尽其能，务治其业而以赴功，则舜无为已。

后世不然，自公卿大夫至于百执事⑪，每一官之阙，则有司诎指计资之先后而升之，不然则择其或有执重、或得人间之誉者而升之。升之者一途人之材，而遍历群有司之任，未尝计其能否、优劣、宜不宜也，用人之敝至

① 绌(chù 处)：降职。 ② 九官：司空、后稷、司徒、士、共工、虞、秩宗、典乐、纳言，见《尚书·舜典》。 ③ 禹、稷(jì 既)、皋陶(yáo 尧)：禹在舜时为部落首领，舜命他治理洪水。稷：即后稷，周的祖先，名弃，为舜的农官。皋陶：舜的臣，掌管刑狱。 ④ 司空：官名，主管建筑、制造车服器物等。 ⑤ 虞：官名，主管山泽。 ⑥ 五教：五种伦理道德，即父义、母慈、兄友、弟恭、子孝。 ⑦ 司徒：官名，主管教化。 ⑧ 士师：狱官。 ⑨ 宄(guǐ 鬼)：坏人。 ⑩ 鲧(gǔn 滚)：人名，禹的父亲，因治水无功被杀。殛(jí 极)：杀。 ⑪ 公卿大夫：这里泛指朝廷大臣。百执事：百，谓众多；执事，泛指一般官吏。

不精于大臣，况其他耶？此苟全其私而忘其所以公进贤退不肖之弊也，深戾所谓各因其材也。而当迁者概以三岁为限断，少者再岁、一岁，甚者不穷月盈时而迁耳，非可以至夫三年、九年、屡考而又绌陟也。即天下迁举，每岁得失可责吏部乎①？天下钱谷，每岁登耗可责度支乎②？自公卿大夫至于州县吏，莫非居其位而不任其责者也。万事之众，王者独治而已。而吏之输钱赎罪，或免于位，或徙或诛者，一切触法耳，非为不胜任也。是一皆违古，进之不循其材，用之不久其时，侵其职而忘其责，故百官之于万务也，皆怠而忽。

为国或百年，上之事繁且勤，而不足以致治也。噫，何久而不思变也？曰：如之何而可？曰：求庶于古而变之。

【翻译】

古时候任命官吏，分别依据他们才能的大小，而让他们在任的时间较长，然后一定要综合考核他们的政绩而决定升降，这就是用人适合于治国的要领。上古帝王的方法都是这样，而舜的时代尤其详备。舜分别任命九

---

① 吏部：官署名，属尚书省，掌文武官员的选试、差遣等。
② 度支：官署名，主管财政收支等。

种官职，人选都是禹、后稷、皋陶这类仁义明智的杰出人物。然而即便是这些人，也要因材而用，如果他懂得水土，一定让他任司空，而不让他做虞官；他懂五教，一定让他做司徒，而不让他任士师，以便适合各人的长处。三年考核一次政绩，九年升降一次。水土没有治理好由司空负责，蛮夷外族和坏人作乱而不能禁止由士师负责，因为他们各有职守。舜的做法，大概情况就是这样。鲧一旦不胜任，就被处决。明了各人的才能，分别给他们规定责任，让他们在任年月长久，严格实行惩奖，就是如此。所以百官都各尽所能，力求搞好自己的工作而达到成功，那么舜就可以无为而治了。

后代却不是这样，从公卿大夫到各部门的官吏，每当有一个官位空缺，那么有关部门就要弯着指头计算资历的先后而决定提升，要不然就是选择有强大势力的人，或是得到人们赞誉的人而加以提升。被提升的哪怕是一个路上随处可遇的庸才，然而却当遍了各衙门的官，从没有考虑他能力的大小、品质的优劣、合适不合适任此职务，用人制度的败坏到了对大臣都不精求的地步，何况其他官吏呢？这是苟且以保全私利而忘记了以公心进举贤能、黜退庸才的弊病，深深违背了所谓各因其才的原则。而且应当升迁的，一概以三年为限，少的两年、一年。更有甚者还不满一月一季便得到提升，不能够达到三年、九年、多次考核政绩才进行降升的原则。那么全国官吏的迁转选举,每年的得失能由吏部负责吗?国家的钱粮,每年的收支能由度支负责吗?从公卿大夫直到州县官吏,无不是处其位而不负其责的。天下千千万万的众多事情,全由君王一个人治理罢了。然而官吏缴钱赎罪,或者在职而被罢免,或被流放、被诛杀,不过一时触犯国法罢了,都不是因为不胜任而被惩罚。所有这些全都违背了古代的原则。提拔不根据他的才能,使用不让他任期长久,占了职位而忘了责任,所以众官吏对于国家万事,都怠惰而玩忽职守。

本朝建国已近百年,皇上的事务繁剧而且勤苦,然而还不能达到国家大治。唉,官吏制度为什么长期以来都不考虑变革呢?有人问:怎么办才好?回答是:只求变革得接近于古代的制度就行了。

议　仓

本文是作者《杂议》十篇中的第八篇。作者在约作于仁宗皇祐(1049—1054)初的《本朝政要策》五十首中,有《义仓》一首谈到义仓制度,说宋代义仓创始于太祖乾德(963—968)初,其后因官吏借机扰民,因而罢去,到仁宗时再恢复施行。在本文中,作者论述了建立义仓的意义和目的,以及它在隋初、唐初曾经发挥过的巨大作用。义仓本是农民丰年储存、灾年用以救荒的粮仓,但唐高宗以后便逐渐名存实亡。接着,作者无情地抨击了宋代官吏借"义仓"之名,行盘剥农民、谀上肥私之实,致使义仓不仅名存实亡,而且成了农民的一大祸害。这充分表现了曾巩敢于揭露社会的腐败和同情人民疾苦的可贵精神。文章以明主、昏主如何对待义仓，义仓今昔的实质性变化，两两对照，一一剖析，脉络清晰，深刻有力。

世之言治法者，莫不以三代、唐虞为之本，而两汉隋唐为之末。然三代、唐虞之法，未必行于今而皆得其便；两汉隋唐之法，未必行于今而皆失其利也。故善言治者，不在乎援古高论，在乎当而已矣；善言法者，不在乎超世迈俗，在乎宜而已矣。

夫义仓者不兴于唐虞之世也，不建于三代之君也，不起于两汉之时也，盖始于隋而盛于唐者也。其道以振乏为本，以恤民为先，以博施为法，以乐输为率，以众赖为便，以义和为名。各于其社树立以仓①，各令其民入之以谷。设其官守，严其戒令，丰岁则劝课而输之，凶年则发彻而散之。不烦于刑而民乐从，不费于国而民无困。于上有救贫恤饥之政，于下无转沟殒壑之苦。以言其济施，则仁之厚者也；以言其输入，则义之广者也；以言其

① 社：古代基层行政单位。这里泛指本乡本土。

取与，则和之至者也。其在隋则长孙倡而始之①，其在唐则戴胄举而行之②。文帝从长孙之计，于是民俗以安，国费以省，邦储以厚，而卒能成大业之治焉③。及太宗从戴胄之言，于是和气以洽，仁风以畅，王业以固，而卒能成贞观之风焉。降及天皇④，其法始敝，弗以为博施之本，而为军国之费；弗以乐输之赋，而为征取之科。自是之后，名存而实废矣。由此观之，前世所以恤民而后世所以暴民，明主所以为治而昏主所以为乱者，其义仓之谓乎！

国家革五代之苛，建一王之治，于兹有年矣。租赋之调不为不中也，配敛之科不为不节也，赈恤之政不为不行也，敝滥之源不为不究也。然比岁以来，急于边费，以征以取，浸暴于常。而又有聚敛之臣，贪残之吏，剥下以奉上，刻私而徇公，往往窃前世恤民之法，而为当今敛

① 长孙：指长孙平，字处约，今河南洛阳人，隋文帝开皇三年（583）被征拜为度支尚书，上书建义仓以备凶年，被采纳。见《隋书》卷四六本传。 ② 戴胄：字玄胤，安阳（今属河南）人，唐太宗时上言恢复义仓，也被采纳，见《旧唐书》卷七〇本传、卷四九《食货志》下。 ③ 大业：隋炀帝年号，605—617年。 ④ 天皇：即唐高宗。高宗于上元元年（674）改称“天皇”。据曾巩《义仓》说，唐高宗开了义仓的“杂用之禁”，所以下句说“其法始敝”。

民之调者，累累皆是，则义仓者亦其一端也。夫昔之所谓义仓者，以义为本而行乎赈恤者也；今之所谓义仓者，以义为名而务于诛求者也。昔之义仓，务所以安之；今之义仓，务所以掊之。昔之义仓，则立仓于社，聚谷于众，年丰则取之，民饥则与之，不令而民从，不督而民劝，故曰以义为本而行乎赈恤也。今之义仓，则有仓之号而无仓之制，有义仓之名而无义仓之实，约租之多寡而增其数，计入之丰约而定其籍，年丰则有以取之，民饥则无与振之，故曰义为名而务于诛求者也。诚能复隋唐之法而建其仓，探隋唐之本而行其义，则恤荒弭灾，安民泰俗，无大于此者。苟不如是而徒立其号，以为征取之术，则不若勿行之愈也。

【翻译】

世上那些谈论治国之法的人，没有一个不是主张以夏、商、周三代以至更远的尧、舜作为取法的根本，而把两汉、隋唐看得无足轻重。然而三代、尧舜的办法不一定在今天都适合，两汉隋唐的措施，在今天也不一定都无成效。所以善于谈论治国之道的人，不在于他能搬出远古如何如何而发高论，而在于他的意见得当就行了；善于谈论法规的人，不在于他有一套远离当代、不同流俗的空谈，而在于合乎时宜罢了。

就以义仓而论，它不出现在尧舜时代，不创建于夏、商、周诸君王之手，也不兴起于两汉之时，而创始于隋，盛行于唐朝。义仓的原则是以赈济贫困为根本，以救助民众为首要任务，以全覆盖的援助为方法，以乐意交粮为准绳，以群众有所依赖为便利，以仁义和睦为名义。各自在他们的家乡建立起仓库，各让所属的群众交纳自家的余粮。并设置管理义仓的官员，严格义仓的条令，丰收年便鼓励大家交纳粮食，灾荒年便取出发放给大家。这样，不必靠刑法而民众乐意听从，不耗费国家资财而民众不为饥荒所困。对朝廷来说，则有救济贫穷、抚恤饥荒的德政，对百姓来说，则无流离失所、饿死荒野的痛苦。以义仓救灾放粮而言，则是仁德够深厚的了；以大家乐于交纳而言，则是利人之心够广博的了；以共同纳粮互相救济而言，则是极和睦友爱的了。在隋代则因长孙平的倡议而开始兴办义仓，在唐代则有戴胄将它推行开来。隋文帝采纳长孙平的建议，于是百姓生活赖以安定，国家开支得以减省，地方储备得以充足，而终于能够形成大业年间国富民强的政治局面。到唐太宗听从戴胄恢复义仓的建议，于是和睦之气因而周遍，仁惠之风因而畅达，帝王之业因而巩固，而终于能形成贞观年间的太平盛况。后来到唐高宗时，义仓的制度开始遭到破坏，不是用它作为赈济广大民众的根本，而是移作军务国政的费用；不是群众自愿交纳粮食，而成了向百姓强行征收的项目。从这以后，义仓名存而实亡了。由此看来，前代用作赈救百姓的措施，而后代变成掠夺百姓的手段；英明之主用以实现国家的治平，而昏庸之君却用它来扰乱天下，就是说的义仓这类事吧！

本朝革除了五代的苛暴法令，建立起一统天下的政治局面，到现在已有许多年了。向百姓征调的租赋不能说不适中，征敛的名目不能说没有减少，救济贫困的政策不能说没有实行，造成各种弊病的根源不能说没有查究。然而连年以来，急于筹措守边的军费，向百姓又征收又索取，逐渐比平常厉害。而且又有那么一批善于搜刮的臣子，贪婪残暴的官吏，剥削百姓以讨好上司，夺取私物以充当公用，往往盗用前代赈救百姓的方法，而作为当今向百姓横征暴敛的名目，这种情况比比皆是，而义仓也就是其中的一件。从前所说的义仓，是以义为宗旨而对百姓施行救济；如今所谓的义仓，是以“义”为名而务求向百姓搜刮。从前的义仓，是极力使百姓安定；现今的“义仓”，是极力向百姓聚敛。从前的义仓，是将仓建在乡里，让大家储粮，年成好则取之于民，民众饥荒又发给他们，不下命令而百姓听从，不须督促而百姓踊跃参加，所以说是以义为宗旨而实行救济。今日的“义仓”，则是仅有“仓”的名号而并无义仓的制度，有“义仓”

的名目而没有义仓的实际作用，估量人家纳租多少而增加一笔数额，计算存入义仓的多少而定额上账，年成好则从百姓那里取走，百姓饥荒则没有粮食拿出来救济，所以说是以“义”为名而务求向百姓搜刮。如果真能够恢复隋唐的方法而修建起仓库，探求隋唐设义仓的原意而施行恩义，那么救济饥荒，消除灾害，安定百姓，淳厚风俗，没有比建义仓更重要的了。假如不能这样而空设个“义仓”的虚名，以之作为搜刮的手段，那就不如不实行还好一些。

苏明允哀辞

苏洵(1009—1066),字明允,号老泉,苏轼、苏辙之父,唐宋古文八大家之一。哀辞,文体名,追悼死者的文辞。本文前部分是序,后面的韵文才是哀辞。作于宋英宗治平三年(1066),曾巩这年四十八岁,在京师编校史馆书籍。作者在序文中简要地记述了苏洵的经历和为人,而着重评论他的文学成就。苏洵一生仕途不偶,但勤于读书和写作,文章风格雄健,议论明畅,长于辩难。这正是由他“好为策谋,务一出己见,不肯蹑故迹”的个性所决定的。作者在序文中生动形象地概括了苏洵文章的特色,接着又写了苏氏父子三人在当时的巨大影响,是我们研究三苏古文的重要史料。

明允姓苏氏，讳洵，眉州眉山人也①。始举进士，又举茂材异等②，皆不中。归，焚其所为文，闭户读书。居五六年，所有既富矣，乃始复为文。盖少或百字，多或千言，其指事析理，引物托喻，侈能尽之约，远能见之近，大能使之微，小能使之著，烦能不乱，肆能不流。其雄壮俊伟，若决江河而下也；其辉光明白，若引星辰而上也。其略如是。以余之所言，于余之所不言，可推而知也。明允每于其穷达得丧，忧叹哀乐，念有所属，必发之于此。于古今治乱兴坏，是非可否之际，意有所择，亦必发之于此。于应接酬酢、万事之变者，虽错出于外，而用心于内者，未尝不在此也。

嘉祐初③，始与其二子轼、辙复去蜀，游京师。今参知政事欧阳公修为翰林学士④，得其文而异之，以献于上。既而欧阳公为礼部⑤，又得其二子之文，擢之高等。于是三人之文章盛传于世，得而读之者皆为之惊，或叹

① 眉州眉山：今四川眉山。 ② 茂材异等：制科名（制科为考试科目之一），曾被罢，宋仁宗时得以恢复，以待布衣之士，见《宋史·选举志二》。 ③ 嘉祐：宋仁宗年号（1056—1063）。 ④ 参知政事：官名，副宰相。翰林学士：官名，掌起草制、诰、诏、令等。 ⑤ 为礼部：指知贡举（官名），主持礼部考试。

不可及，或慕而效之，自京师至于海隅障徼[1]，学士大夫莫不人知其名，家有其书。既而明允召试舍人院[2]，不至，特用为秘书省校书郎[3]。顷之，以为霸州文安县主簿[4]，编纂太常礼书[5]，而轼、辙又以贤良方正策入等[6]。于是三人者尤见于时，而其名益重于天下。

治平三年春，明允上其礼书，未报。四月戊申以疾卒[7]，享年五十有八。自天子辅臣至闾巷之士，皆闻而哀之。

明允所为文，有集二十卷行于世，所集《太常因革礼》一百卷，更定《谥法》二卷，藏于有司。又为《易传》，未成。读其书者，则其人之所有可知也。明允为人聪明辨智，遇人气和而色温，而好为策谋，务一出己见，不肯蹑故迹。颇喜言兵，慨然有志于功名者也。

二子，轼为殿中丞、直史馆[8]，辙为大名府推官[9]。其年，以明允之丧归葬于蜀也，既请欧阳公为其铭，又请

---

① 徼（jiào 叫）：边界。 ② 舍人院：官署名，属中书省，掌为皇帝起草诏令。 ③ 秘书省校书郎：官名，掌校雠图书。 ④ 霸州文安县：地名，今属河北省。 ⑤ 太常礼书：即后文所述《太常因革礼》，今存。因是欧阳修所上，故该书今署欧阳修撰。 ⑥ 贤良方正：制科名。 ⑦ 戊申：干支记日，本月为二十五日。 ⑧ 殿中丞、直史馆：都是官名。 ⑨ 大名府：治所在今河北。推官：官名，掌审判案件等。

予为辞以哀之，曰："铭将纳之于圹中，而辞将刻之于冢上也。"余辞不得已，乃为其文，曰：

嗟明允兮邦之良，气甚夷兮志则强。阅今古兮辨兴亡，惊一世兮擅文章。御六马兮驰无疆，决大河兮啮浮桑①。粲星斗兮射精光，众服玩兮雕肺肠。自京师兮洎幽荒②，矧二子兮与翱翔③。唱律吕兮合宫商④，羽峨峨兮势方飏。孰云命兮变不常，奄忽逝兮汴之阳⑤。维自著兮晻煌煌⑥，在后人兮庆弥长。嗟明允兮庸何伤！

【翻译】

明允姓苏，名洵，眉州眉山县人。开初举进士科，后又举茂材异等科，都没有考中。他回到家乡，烧掉自己所写的文章，闭门读书。过了五六年，学识已经富赡了，才再开始作文。少的或百把字，多的千字左右，指明事实，分析义理，征引物类衬托譬喻，多的能几笔写尽，远的能使它近在目前，大的能使它似乎很小，小的又能使

---

① 啮(niè 聂)：咬。这里指波涛冲击陆岸。浮桑："浮"又作"扶"，国名，在海上，即日本。 ② 洎(jì 济)：及，到达。 ③ 矧(shěn 审)：况且。 ④ 律吕：乐律的统称。古代乐律有阳律、阴律之分，阳律叫律，阴律叫吕。宫商：属五音(宫商角徵羽)。 ⑤ 汴(biàn 变)：河名，流经开封。阳：水的北岸。这里"汴之阳"代指开封。 ⑥ 晻(wěi 伟)：光盛貌。

它变大，头绪再多能够不乱，文气豪放能够不散。雄壮俊伟的气势，像决了堤的江河汹涌而下；光辉明晰的思想，又像升起的星辰闪耀。他的文章大略如此。用我以上所说到的，对我还没有说到的，便可推想而知了。明允每每对于自己的穷困通达，所得所失，忧愁叹息，哀痛欢乐，凡是心有所感的，一定要在文章中表达出来。对于古今社会的治乱兴衰，是非可否，凡是根据自己的意思有所判断抉择的，也一定要在文章中表达出来。对于人事间的应酬交往，各种事态的变化，虽是错综复杂地表现于外，而经过他内心思考的，没有不在文章中表达的。

嘉祐初年，明允首次带着他两个儿子苏轼、苏辙，再次离蜀，来到京师。现在做参知政事的欧阳修公那时为翰林学士，得到明允的文章而深为惊异，将它献给皇上。后来欧阳公主持礼部考试，又得到他两个儿子的文章，于是将他们选拔为进士高等。这样，明允父子三人的文章广泛传播世间，凡是得到而又阅读了的，都感到吃惊，有的叹息自己无法赶上，有的因羡慕而效仿，从京师到海角边陲，读书做官的无不人人知道他们的名字，家家有他们的书。后来，召明允在舍人院考试，他不愿去，特别任用他为秘书省校书郎。不久，又任命为霸州文安县主簿，编纂太常礼院的礼书，而苏轼、苏辙又以贤良方正科考试入等。这样,三个人更显现于当代,而他们的名字也愈为天下的人所敬重。

治平三年春天,明允献上他编纂的礼书,还未得到答复,四月戊申因病逝世,享年五十八岁。从天子、大臣到城乡的读书人,听到消息都感到悲哀。

明允所作的文章,有文集二十卷行于世上。所纂集的《太常因革礼》一百卷,修订的《谥法》二卷,藏在官府。又作《易传》,没有完成。凡读明允书的人,对他的一切都可以知道。明允为人聪明,明察机智,待人气色温和,而喜欢策划谋略,定要完全出于自己的独到见解,不肯随着前人的路子走。很喜欢谈论军事,慷慨激昂,是个有志于建立功业的人。

他的两个儿子,苏轼为殿中丞、直史馆,苏辙为大名府推官。这年,他们将明允的灵柩运回蜀中安葬,已请欧阳公为明允写墓志铭,又请我作辞以哀悼,并说:“墓志铭将放在墓穴中,而哀辞将刻在坟前的碑上。”我推辞不掉,于是作了这篇哀辞,辞道:

哀叹明允啊,你是国家的精良。气色那么平和啊,志气却那么刚强。你纵观今古啊,辨析历代的兴亡。震惊一世啊,你如此擅长文章。你的文章像驾御六匹马的大车啊,奔驰在无边的大地上。又像决了堤的大河啊,那洪涛直冲海上的浮桑。又像璀璨的星斗啊,放射着明亮的光芒。人们把玩品赏啊，真佩服得摧折肺肠。从京师啊，直传到那遥远的地方。何况还有两个儿子啊，也与你一起翱翔。父唱律吕啊，子和宫商。双翅高举啊，正有力地飞扬。谁知道命运啊，真是变化无常。忽然间你逝去了啊，在这汴水之旁。只有你的著作啊，永远放射光芒。你将福庆留给子孙啊，一代代更加久长。哀叹明允啊，又何必悲伤！

夫人周氏墓志铭

墓志铭，是一种应用文体，刻在石上，埋于墓中。它的前部分是散文，大体叙述墓主的生平事迹和品德功业，称序；后部分一般为赞颂墓主的韵文，称铭文。作者在本文的序中，表彰了周氏爱好学习，因而诗文都取得了一定成就。由此，作者提出了妇女受教育的问题，认为只有女子也和男子一样得到好的教育，风俗才易美，政治才易洽。承认女子有受教育的权利，这在当时是不容易的，值得肯定。不过，作者所说的“教”，完全是儒家的那套“妇教”理论，使妇女言行都必须符合封建的“仪矩”，实际上又完全成为束缚妇女的桎梏，所以有很大的局限性。

夫人讳琬，字东玉，姓周氏。父兄皆举明经[①]。夫人独喜图史[②]，好为文章，日夜不倦，如学士大夫。从其舅邢起学为诗。既嫁，无舅姑[③]，顺夫慈子，严馈祀[④]，谐属人，行其素学，皆应仪矩。有诗七百篇，其文静而正，柔而不屈，约于言而谨于礼者也。

昔先王之教，非独行于士大夫也，盖亦有妇教焉。故女子必有师傅，言动必以《礼》，养其德必以《乐》，歌其行，劝其志，与夫使之可以托微而见意，必以《诗》。此非学不能，故教成于内外[⑤]，而其俗易美，其治易洽也。兹道废，若夫人之学出于天性，而言行不失法度，是可贤也已。其夫来乞铭，予与之亲且旧，故为之序而铭之。

盖夫人之王父讳协，为尚书刑部郎中[⑥]。父约，今为尚书虞部员外郎，青州益都人也[⑦]。夫人嫁关氏，为徐州丰县令景仁之妻[⑧]，为尚书职方员外郎、赠尚书都官郎中讳鲁之子妇。生一男二女。年二十有六，卒于治平二年

① 明经：贡举科目名，为诸科之一。 ② 图史：妇女读的图书。 ③ 舅姑：公婆。 ④ 馈(kuì 溃)祀：即指祭祀。祭祀时以牲、黍等祭品进献，叫馈食。 ⑤ 内外：内指妇女，封建时代称教育妇女为内教，而教育百姓为外教。 ⑥ 尚书刑部郎中：官名。下文“尚书虞部员外郎”、“尚书职方员外郎”、“尚书都官郎中”，都是官名。 ⑦ 青州益都：今山东益都。 ⑧ 徐州丰县：今江苏丰县。

之九月某甲子①，葬于杭州钱塘县履泰乡葛松原②，实某年某月某甲子。关氏钱塘人也。铭曰：

女有图史，传于师氏。其劝以乐，其康以礼。能此非他，由学而已。王政之兴，盖自此始。今孰登兹？维周之媛③。学由自好，终之不倦。言循于矩，行循于典。尚配古人④，辉光日远。

【翻译】

夫人名琬，字东玉，姓周。父兄都举明经科。夫人偏喜爱图书，好写文章，日夜不觉疲倦，如同读书求官的士子一样。又跟随她的舅父邢起学作诗。出嫁后，没有公婆，能恭顺丈夫，慈爱子女，严格祭祀的礼节，与亲戚族人相处和谐，履行她平时所学的知识，行为都符合礼仪规矩。她有诗七百篇，文风恬静而纯正，柔和而不卑屈，语言简约，内容遵从礼法。

过去先王的教育，不只是在士大夫中推行，也包括对妇女的教育。所以女子必须有师傅，言谈举止必须合乎《礼》书的规定，培养她们的品行必须用《乐》书。歌唱

---

① 甲子：古代用天干、地支相配纪年纪日，统称甲子。此指日。 ② 钱塘县：今属浙江杭州。 ③ 媛（yuàn 院）：美女，此即指女。 ④ 尚：通“上”。

她们的行动，勉励她们的志气，以及让她们寄托于微小的事物而表达情感，必须用《诗经》。这些如果不学习，是不可能办到的。所以只有教育在妇女和天下都取得成功，那么国家的风俗才容易变好，国家的治理也才容易和谐。这种制度早已废弃，像夫人的好学完全出于天性，而言谈行动不离法度，这真称得上有贤德啊。她的丈夫来向我求墓铭，我与他是亲戚，又是旧交，所以为她写了这篇序和墓铭。

夫人的祖父名协，为尚书刑部郎中。父亲名约，现任尚书虞部员外郎，他们是青州益都人。夫人嫁关家，是徐州丰县县令关景仁的妻子，尚书职方员外郎、赠尚书都官郎中关鲁的儿媳妇。生一男二女。年龄二十六岁，死于治平二年九月某日，葬于杭州钱塘县履泰乡葛松原，是在某年某月某日。关家是钱塘人。铭文如下：

女子有图书，传授有老师。劝勉用《乐》书，安处靠《礼》仪。做到不由他，只能凭学习。政教的兴盛，从这里开始。今谁能做到？周家的小姐。自己爱学习，终身不松懈。说话守规矩，行动合典则。上可比古人，光辉永不灭。

《古代文史名著选译丛书》编纂始末[①]

马樟根　安平秋

今年1月,《古代文史名著选译丛书》已经出到100种101册(其中《史记》为2册)。4月份,最后的33种也已交稿。这样,全书133种即将呈献在读者面前。[②] 一项服务当前、造福子孙的普及优秀古代文化、进行爱国教育的大工程将宣告完工了。回想

---

①《古代文史名著选译丛书》由全国高校古籍整理研究工作委员会主持,古委会直接联系的18个古籍整理研究所为主要承担机构,章培恒、安平秋、马樟根任主编。本文于1992年4月,在《中国典籍与文化》杂志发表时题目是《衣带渐宽终不悔——〈古代文史名著选译丛书〉编纂始末》。这次将此文作为2011年修订版附录时,去掉原正标题,以原副标题为正式题目。 ② 至1994年4月最后定稿时,全书为135部。2011年修订版出版时,全书为134部。

这一套丛书动员18所院校，投入100余人，从1985年筹划，1986年起步，到今天已度过了六七年的岁月，个中甘辛令人难以忘怀。

一、北大·苏州·北大

——酝酿与筹划

编纂这样一套丛书，起因于1981年7月。当时陈云同志派人到北京大学召开了小型座谈会。来人告诉与会人员陈云同志最近在考虑两个问题：一个是粮食，一个是古籍整理。对古籍整理，特别讲到陈云同志说："整理古籍，为了让更多的人看得懂，仅作标点、注释、校勘、训诂还不够，要有今译，争取做到能读报纸的人多数都能看懂。有了今译，年轻人看得懂，觉得有意思，才会有兴趣去阅读。今译要经过选择，要列出一个精选的古籍今译的目录，不要贪多。"这就是后来收入《陈云文选》的那段话。1981年9月，中共中央关于整理我国古籍的文件中一字不差地强调了这段话。1983年，教育部成立了全国高校古籍整理研究工作委员会（简称古委会）。古委会主任周林同志根据中央和陈云同志意见，提出了组织力量今译古籍。但在当时，经过"文革”后的古籍整理工作百废待兴，加之一些学者对今译重要性的认识远非今日之深，这一工作一拖便是两年。

1985年5月，全国高校古委会在苏州召开了一届二次会议。周林同志在会上作了“人才培养和古代文化遗产普及问题”的专题发言，他分析了“解放三十多年来，由于‘左’的路线干扰，特别是‘文化大革命’，几乎使我们的民族文化到了中断的边缘，出现了对古代文化知之不多，或知之甚少的状况”，要教育界的同志“做好普及古代文化知识的工作”，搞好古籍的今注今译就是其中的一项重要任务，“高校古委会要在这方面多下功夫”，“高校古籍研究所无疑应担负起这个任务”。他针对当时一些人轻视古籍的今注今译思想，呼吁“我们对于选本、今译等有利于教育普及的东西，应承认它的学术价值”，“《昭明文选》、《唐诗三百首》、《古文观止》等是地道的选本，流传几百年，发生那么大的影响，能说没有水平？”“专家们深入浅出的在对古文献研究基础上的译注，对普及古代优秀文化作出重大贡献，算不算高水平的成果呢？”“古文既要译得恰当、准确，又要通畅易懂，难度是很大的”，“为了社会主义精神文明建设，古籍整理这方面也要作出应有的贡献”。一石激浪，沉寂了几年的今译古籍的话题又重新活跃起来。会上作了一番认真讨论。

经过这样的酝酿，1985 年 7 月，全国高校古委会科研项目评审组的专家们聚集在北京大学勺园，筹划编纂一套古籍今译的精选本。初步定名为《古籍今译丛书》，议定了收书范围、内容，开列了 65 种书的选目。并决定由科研项目专家评审组召集人、复旦大学古籍所所长章培恒教授和参加过陈云同志在北大召开座谈会、当时古委会主管科研工作的副秘书长安平秋同志共同负责，与秘书处同志一起具体筹划。经几个月的筹备，决定由古委会直接联系的 18 个高校古籍研究所承担这一工作，组成编委会，并开列出 89 种书的选目，对选译的进度、规划亦作了设计。此时，几家出版社闻讯而至，表示愿意出版这套丛书。最早与我们联系的巴蜀书社的段文桂社长以其强烈的事业心和对古籍今译的高度重视感动了我们，于是决定邀请巴蜀书社编辑参加第一次编委会议。

二、从柳浪闻莺到桂子山上

——第一批书稿的产生

第一次编委会于 1986 年 5 月在杭州柳莺宾馆

召开。宾馆因位于西湖十景之一的柳浪闻莺而得名。全国高校18个研究所的24名学者和有关人员聚集在这风景胜地，无心观柳，亦无从闻莺，紧张地工作了三天。会上确定了这套普及读物的读者对象是具有中等以上文化程度的广大群众，收书范围是中国历代文史名著，在名著之中选精。所选书目，在原拟89种基础上，调整为116种，以形成系统性。书中选篇之下分提示、原文、今译、注释四部分，以译文为主，书前有一前言，书中加入必要的插图。每一种书约10—15万字。书名确定为《古代文史名著选译丛书》。即由到会的24位学者组成丛书编委会①，由章培恒、马樟根、安平秋三人任主编。于是，编委会立即分成三个工作小组，在会上分头拟出丛书《凡例》、《编写、审稿要求》和《文稿书写格式》，经讨论修改而形成了正式文字以供遵循。在

① 编委会成员按姓氏笔划排列为：

马樟根　平慧善　安平秋　刘烈茂　许嘉璐　李国祥
金开诚　周勋初　宗福邦　段文桂　董治安　倪其心
黄永年　章培恒　曾枣庄（以上为常务编委）
王达津　吕绍纲　刘仁清　刘乾先　李运益　杨金鼎
曹亦冰　常绍温　裴汝诚（以上为编委）

自报的前提下，会上确定了由18个研究所承担前40部书的今译任务，要求当年年底完成。古委会主任、丛书顾问周林同志对编委会的认真精神、紧张工作和显著效率十分赞赏，他说："有这样一个编委会，有这样一个阵容来做选译，使中国历史文化不成为专属于少数人的知识，使能看报纸的人都读懂自己民族的名著，从而树立爱国主义、建设有民族特色的精神文明，其意义之深远将会在今后愈益显露出来。"于是，有1000余万字的大工程便从这里开始了。

当年年底各研究所的今译书稿经作者完成后，由在该所的编委审改，到1987年5月和7月，先后在复旦大学、北京大学两次召开编委审稿会。这种审稿会，说是审稿，实际上是边审边改，字斟句酌，每部书稿必须经一位编委、一位常务编委审改把关，经过这样两道工序，汇总到主编手中，40部书稿通过了25部。其中部分书稿赶印了样稿征求意见。于是周林同志于7月6日在北大临湖轩邀请了在京十几位专家与正在审稿的编委一起研究样稿，探讨如何提高这套今译丛书的质量。

根据编委审稿发现的问题和在京专家们的意

见,从书亟需在已定体例的框架中条列细则;而出版单位巴蜀书社又希望所出版的第一批书为50种以便形成格局,需要布置各研究所承担新的今译任务。这样,1987年10月在华中师范大学再次召开了编委会,又请了詹锳、周振甫、刘乃和、郭预衡等先生到会指导。

这次编委会是在审看了40部书稿后,发现了一大批问题亟待解决,又是在需要布置下一步任务的状况下召开的,是一次承上启下的编委会。会议初期人们的心情和会上的气氛都带有一股子严峻与急切。会议从5日到8日开了三天半。但是在4日晚上开预备会的时候,主编章培恒先生尚未到会,亦无他是否已从上海出发的信息。5日上午就要开会了,主编不到怎么行呢?5日一早,我们还在沉睡之中,忽听有人敲门,进来的竟是章培恒!一向风神儒雅、衣装考究的章培恒先生,此时却是一身尘灰、满脸疲惫地站在我们面前。原来他从上海出发前,未能买到机票或船票,而上海到武汉又没有直达火车,只好先从上海坐火车到长沙,为了不误5日上午开会,他只好买了一张无座票,夜间从长沙出发一直站到武昌。一向走路辨不清方向的章培恒竟然在夜色未退之前一人从车站摸到了华中师大专家楼，也算是奇迹。

这次编委会，从体例的具体要求、书中选篇是否合适、每篇中的提示如何写、注释的繁简和语言的通俗性，到今译的信达雅如何把握，例如李白的“床前明月光，疑是地上霜，举头望明月，低头思故乡”这样通俗的诗是否要翻译，在在都有热烈的争论。感谢编委们的努力和学术判断力，最后终于形成了一个《细则》，一切争论都统一在这个《细则》之上。编委们在思想明确、分得新的任务之后，显出了少有的轻松与喜悦。会议结束正逢中秋节，华中师大的专家楼坐落在武昌桂子山上。入夜，桂子山上举行了赏月茶会，几张方桌，围坐着全体编委和特邀到会专家。天上明月如盘，清辉洒地，眼前桂树葱茏，桂花飘香，华中师大古籍研究所的青年们活跃席间，引得王达津先生即席赋诗，刘乃和先生清唱京戏。这气氛预示着《古代文史名著选译丛书》克服了当前的困难，第一批50种书稿有如母腹中的胎儿，快要降生了。

三、华清池畔的愁云与人民大会堂的欢欣

——第一批书出版的柳暗花明

1988年10月，编委们再一次聚会，审定第一批

50种中的最后十几部书稿、修改第二批50种中的大量书稿。这次审稿是在“东枕华山、西拒咸阳”的骊山脚下、华清池滨的一家招待所。这里古朴而不豪华，食宿低廉却又实惠，审稿之余，左近有风景可观，有古迹可寻，房内有43℃的温汤沐浴，编委们平日在校教学、科研工作劳累而生活清苦，如今有这样的环境与条件，感到少有的惬意。我们作为主编觉得这也是对编委们两年来辛勤编书的一点补偿。但这种适意之感很快就被两件事所驱散。一件事是书稿的质量。几十部书稿交来，一经审看，从注译到体例完全合格的只有寥寥可数的三四部，余下的，或需小改，或需大改，或根本不合格需退回重作。另一件事是出版发行成了问题。到会的巴蜀书社副社长黄葵同志向大家通报了即将印出的16本书征订情况，最多的为2000册，且只有一种，其他的只有800册、600册，甚至还有200余册。征订不佳，销路不畅，出书要赔钱，出版社为难，编委们又无计可施。此时哪还有心思去观赏“骊山云树郁苍苍，历尽周秦与汉唐”？也无心绪登上骊山，在烽火台前怀古。且正值“楼台八月凉”的节令，只有华清池畔秋雨飘零，秋风瑟瑟，落叶满地，不禁愁从中来。

愁则愁，还得面对现实。书稿质量不高，靠到会近20位编委十余天的逐字逐句修改，终于改定合格17部。至于出版发行问题，巴蜀书社的朋友费心经营，重新设计了封面，改进装帧，将第一批50种装成一个大礼品盒，成盒出售。从中又得到了国家新闻出版署、四川省出版局、国家教委有关司局和各省市教委的大力支持与帮助，发行面得以扩大，到了1990年下半年，首印的17000套书销售已尽，而问讯、索购者不绝，出版社决定再印30000套以供读者需要。中央领导了解到这套丛书受到读者欢迎，欣然为丛书题辞，江泽民总书记的题辞是“做好我国古代文史名著的传播普及工作，使其古为今用，以发扬爱国主义精神”，李鹏总理的题辞是“弘扬民族优秀文化，激励爱国主义精神”。李瑞环同志也为丛书题了辞。

1990年8月22日在北京人民大会堂召开了《古代文史名著选译丛书》出版座谈会。国家领导人李铁映、胡乔木、李德生、陈丕显、廖汉生、王汉斌、王光英出席，古委会主任周林同志主持会议，到会各阶层代表在发言中从不同角度肯定了这套书对促进青少年了解历史、了解国情、了解中华民族优秀传统文化、进行爱国主义教育的作用。时值盛夏，却逢喜雨，洗却了编委和出版社同志心中的忧虑，参加大会堂座谈会的13名常务编委会后又聚集在北京大学讨论深入认识编纂这套丛书的重大意义，研究审改好第二批书稿的具体措施。

四、从舜耕山庄耕作到乐山脚下

——第二批书稿审定之艰辛

第二批书稿50种50册，是1987年10月布置的。1988年10月在西安审改合格的17部书稿都已放入第一批中以替换原已通过的第一批中质量较差的书稿。这样，第二批书稿当时余下的已完成的有20余部，却都不合格，只能要求译注者和编委再行修改。一年之后，编委会汇总来重新改好和新译注交来的第二批书稿44部，1989年10月于济南千佛山下的舜耕山庄召开了常务编委审稿会。

这次审稿，发现的问题较多。有的选目不当，如有的史书重要人物的传不选却选入无关紧要而又无学习价值的人物传，有的名家的文章名篇不选却选入既无文学价值又无借鉴意义的篇章。有的选译所依据的底本不当，舍弃现有的精校本却用校勘不善的本子。有的虽有根据地改动正文却只在注释中说"原作……据别本改",而不指明据何本改。有的注释过繁,不利于一般读者阅读;有的注释极简,该注释的地方不注,使广大读者看了译文仍无法理解全文的精妙;而更多的是注释不准确,对一字一词增字为训而歪曲了原意的毛病也较普遍。译文问题更多,有的语义不清,佶屈聱牙,把"三顾频烦天下计,两朝开济老臣心"译为"三顾茅庐频烦为天下大计,两朝事业开济尽老臣忠心",有的为追求通俗生动把"君何往"中的"君"译为"老兄"。每篇的提示,有的写得很长变成了文章赏析,有的虽短却不中肯綮,用了类似"文革"期间的语言扣几顶大帽子了事。看这样的稿子都觉头痛,改这样的稿子更感艰难。审稿历时 12 天,参加审稿、当时 63 岁的黄永年先生向我们诉苦:"头发掉了一把!"有的编委说,千佛山古称历山,传说舜在这里开垦耕耘,十分艰辛,我们住在舜耕山庄,预示着我们为这套丛书垦荒笔耕,也要历尽千辛。这次审稿,经过审改之后,有 10 部书稿合格,有 11 部需会后再作小的修改方能通过,余下的均需作大的改动或另请人译注。

这次审稿还研究了所选戏曲部分的曲辞如何今译问题，如规定了念白中出现的诗句只注不译，上、下场诗只注不译，注而不译的文字在译文中应予保留以便参读。

到1990年12月，丛书常务编委在广州研究丛书如何体现批判继承精神、如何提高第二批书稿质量时，又有18部书稿完成交来。为了保证书稿质量，使1991年上半年召开的常务编委审稿会得以顺利进行，我们三个主编从广州匆匆赶到北京，用了一周时间审看了这18部书稿，通过了7部，11部退改。当我们看完最后一部书稿碰头研究时，已是12月31日。在1990年一年内，我们仅仅通过了这7部书稿。加上1989年在舜耕山庄通过的10部，也仅有17部，尚差33部方足第二批的50部。

1991年5月，常务编委来到古称嘉州的乐山市，在乐山山腰的八仙洞宾馆继续审改第二批书稿。改稿时间只有十天，要力争将50部推出，其繁重可知。我们在改稿过程中，不禁想到明万历年间嘉州知州袁子让的诗句“登临始觉浮生苦”，想到这套丛书从起步到这次审改已历时5年，当初怎么也没有想到完成这套丛书会是如此的艰辛，真是登临始觉笔耕苦啊!

这次乐山审稿,通过了13部书稿。好在余下的20部书稿只须小改即可在会后交稿,终于在1991年8月将这20部书稿全部改定交巴蜀书社。第二批50部历时近四年终于定稿了。

五、在金陵古都作光辉的一结

——第三批书稿的完成

1990年12月据出版社的要求,这套丛书出齐当为150种,到乐山会上又修正为110种至125种,最后数字的确定根据最后一次审稿结果而定,合格的即入选,不合格的不再修改选入。根据这一共识,今年4月中旬,我们一部分常务编委聚集到六朝古都南京,从已经交来的35部书稿中选择经小改合格的书稿。经过十一天的劳作,选择、改定33部,由到会的常务编委、巴蜀书社的段文桂总编和编委、巴蜀书社的刘仁清副编审带回成都,将经由他们的继续辛苦而使《古代文史名著选译丛书》以133部、1500万字之数呈献给热爱中华文化的读者。

这套丛书从1986年5月起步,历时整整六年,平日繁细工作不计,仅编委大小审稿会就开了12次之多。丛书的发起人、顾问、古委会主任周林同志先后参加了8次审稿会，每次都自始至终和大家在一起，听取审稿情况，了解遇到的问题；当我们遇到困难的时候他为我们鼓劲，当我们感到欣喜的时候他提醒我们不可大意。这次他又和我们一起来到虎踞龙蟠的石头城下，为我们督阵，看我们能否为这套丛书作出光辉的一结。

此时此刻，我们与这次会议的东道主、丛书常务编委、南京大学的周勋初先生漫步在中山陵旁，想到今译丛书已基本完成，自然感到如释重负，但理智却使我们不敢轻松，我们期待着全书133部出齐之后专家、读者的评头品足。

1992年4月26日

（原载《中国典籍与文化》1992年第1期）

古代文史名著选译丛书(修订版)总目

丛书主编:章培恒　安平秋　马樟根

书　名	译注者	审阅者	定价/元
老子注译	张玉春　金国泰	安平秋	16.00
庄子选译	马美信	章培恒	18.00
荀子选译	雪　克　王云路	董治安　许嘉璐	19.00
申鉴中论选译	张　涛　傅根清	董治安	18.00
颜氏家训选译	黄永年	许嘉璐	15.00
论语注译	孙钦善	宗福邦	28.00
孟子选译	刘聿鑫　刘晓东	黄　葵	20.00
墨子选译	刘继华	董治安	14.00
韩非子选译	刘乾先　张在义	黄　葵	19.00
新序说苑选译	曹亦冰	倪其心	25.00
论衡选译	黄中业　陈恩林	许嘉璐	22.00
管子选译	缪文远　缪　伟	董治安	18.00
列子选译	王丽萍	周勋初　倪其心	19.00
韩诗外传选译	杜泽逊　庄大钧	董治安	24.00
盐铁论选译	孙香兰　刘光胜	黄永年	13.00
诗经选译	程俊英　蒋见元	刘仁清	19.00
楚辞选译	徐建华　金舒年	金开诚	15.00
贾谊文选译	徐　超　王洲明	安平秋	17.00
司马相如文选译	费振刚　仇仲谦	安平秋	11.00
文心雕龙选译	周振甫	黄永年	17.00
庾信诗文选译	许逸民	安平秋	18.00

书　名	译注者		审阅者		定价/元
嵇康诗文选译	武秀成		倪其心		18.00
谢灵运鲍照诗选译	刘心明		周勋初		18.00
陈子昂诗文选译	王　岚		周勋初	倪其心	14.00
李白诗选译	詹　锳	等	章培恒		22.00
高适岑参诗选译	谢楚发		黄永年		23.00
元稹白居易诗选译	吴大逵	马秀娟	宗福邦		21.00
柳宗元诗文选译	王松龄	杨立扬	周勋初		18.00
李贺诗选译	冯浩菲	徐传武	刘仁清		20.00
杜牧诗文选译	吴　鸥		黄永年		14.00
李商隐诗选译	陈永正		倪其心		19.00
唐五代词选译	亦　冬		董治安		16.00
唐文粹选译	张宏生		周勋初		18.00
晚唐小品文选译	顾歆艺		平慧善		15.00
黄庭坚诗文选译	朱安群	等	倪其心		18.00
辛弃疾词选译	杨　忠		刘烈茂		24.00
元好问诗选译	郑力民		宗福邦		20.00
宋四家词选译	王晓波		倪其心		16.00
黄宗羲诗文选译	平慧善	卢敦基	马樟根		15.00
吴伟业诗选译	黄永年	马雪芹	安平秋		20.00
方苞姚鼐文选译	杨荣祥		安平秋		20.00
明代散文选译	田南池		马樟根		22.00
顾炎武诗文选译	李永祜	郭成韬	刘烈茂		23.00
张衡诗文选译	张在义 韩格平	张玉春	刘仁清		16.00
汉诗选译	张永鑫	刘桂秋	金开诚		19.00

书　名	译注者		审阅者		定价/元
阮籍诗文选译	倪其心		刘仁清		15.00
三曹诗选译	殷义祥		刘仁清		22.00
诸葛亮文选译	袁钟仁		董治安		16.00
陶渊明诗文选译	谢先俊	王勋敏	平慧善		16.00
杜甫诗选译	倪其心	吴　鸥	黄永年		17.00
王维诗选译	邓安生	等	倪其心		20.00
刘禹锡诗文选译	梁守中		倪其心		20.00
孟浩然诗选译	邓安生	孙佩君	马樟根		18.00
韩愈诗文选译	黄永年		李国祥		20.00
欧阳修诗文选译	林冠群	周济夫	曾枣庄		20.00
曾巩诗文选译	祝尚书		曾枣庄		19.00
苏轼诗文选译	曾枣庄	曾　弢	章培恒		23.00
李清照诗文词选译	平慧善		马樟根		15.00
陆游诗词选译	张永鑫	刘桂秋	黄　葵		24.00
朱熹诗文选译	黄　珅		曾枣庄		20.00
文天祥诗文选译	邓碧清		曾枣庄		20.00
袁枚诗文选译	李灵年	李泽平	倪其心		20.00
王安石诗文选译	马秀娟		刘烈茂	宗福邦	18.00
二程文选译	郭　齐		曾枣庄		25.00
范成大杨万里诗词选译	朱德才	杨　燕	董治安		26.00
萨都剌诗词选译	龙德寿		曾枣庄		28.00
王阳明诗文选译	吴　格		章培恒		18.00
徐渭诗文选译	傅　杰		许嘉璐	刘仁清	17.00
李贽文选译	陈蔚松	顾志华	李国祥	曾枣庄	17.00

书　名	译注者		审阅者	定价/元
三袁诗文选译	任巧珍		董治安	17.00
王士禛诗选译	王小舒	陈广澧	黄永年	13.00
龚自珍诗文选译	朱邦蔚	关道雄	周勋初	13.00
尚书选译	李国祥 谢贵安	刘韶军 庞子朝	宗福邦	14.00
礼记选译	朱正义	林开甲	宗福邦	22.00
左传选译	陈世铙		董治安	22.00
国语选译	高振铎	刘乾先	黄　葵	22.00
战国策选译	任　重	霍旭东	李国祥	21.00
吕氏春秋选译	刘文忠		董治安	17.00
吴越春秋选译	郁　默		倪其心	19.00
史记选译	李国祥 张三夕	李长弓	安平秋	29.00
汉书选译	张世俊	任巧珍	李国祥	22.00
后汉书选译	李国祥 彭益林	杨　昶	许嘉璐	24.00
三国志选译	刘　琳		黄　葵	18.00
晋书选译	杜宝元		许嘉璐	15.00
宋书选译	漆泽邦	孔　毅	李国祥	19.00
南齐书选译	徐克谦		周勋初	18.00
北齐书选译	黄永年		安平秋	16.00
梁书选译	于　白		周勋初	17.00
陈书选译	赵　益		周勋初	17.00
南史选译	漆泽邦		安平秋	22.00
北史选译	刁忠民		段文桂	20.00

书　名	译注者	审阅者	定价/元
周书选译	黄永年	安平秋	15.00
魏书选译	杨世文　郑　晔	周勋初	22.00
隋书选译	武秀成　赵　益	周勋初	20.00
新唐书选译	雷巧玲　李成甲	黄永年	16.00
旧唐书选译	黄永年	章培恒	16.00
新五代史选译	李国祥　王玉德 姚伟钧	周勋初	18.00
旧五代史选译	贾二强	黄永年	17.00
宋史选译	淮　沛　汤　墨	曾枣庄	20.00
辽史选译	郭　齐　吴洪泽	曾枣庄	21.00
金史选译	杨世文　祝尚书 李文泽　王晓波	曾枣庄	21.00
元史选译	樊善国　徐　梓	马樟根	25.00
明史选译	杨　昶	李国祥	20.00
清史稿选译	黄　毅	章培恒	22.00
贞观政要选译	裴汝诚　王义耀	黄永年	18.00
史通选译	侯昌吉　钱安琪	周勋初	16.00
资治通鉴选译	李　庆	黄永年	16.00
续资治通鉴选译	徐光烈	安平秋	24.00
通鉴纪事本末选译	谈蓓芳	章培恒	21.00
洛阳伽蓝记选译	韩结根	章培恒	22.00
梦溪笔谈选译	李文泽	曾枣庄	20.00
徐霞客游记选译	周晓薇　等	黄永年　马樟根	17.00
宋代笔记小说选译	朱瑞熙　程君健	金开诚等	19.00
关汉卿杂剧选译	黄仕忠	刘烈茂	24.00

书名	译注者	审阅者	定价/元
明代文言短篇小说选译	黄　敏	章培恒	23.00
六朝志怪小说选译	肖海波　罗少卿	刘仁清	21.00
世说新语选译	柳士镇　钱南秀	周勋初	23.00
水经注选译	赵望秦　段塔丽　张艳云	许嘉璐	19.00
唐人传奇选译	周　晨	曾枣庄	24.00
唐五代笔记小说选译	严　杰	周勋初	21.00
大慈恩寺三藏法师传选译	贾二强	黄永年	18.00
宋代传奇选译	姚　松	周勋初	22.00
聊斋志异选译	刘烈茂　欧阳世昌	章培恒	22.00
阅微草堂笔记选译	黄国声	安平秋	16.00
清代文言小说选译	王火青	周勋初	23.00
历代名画记图画见闻志选译	周晓薇　赵望秦	黄永年	17.00
容斋随笔选译	罗积勇	宗福邦	20.00
唐才子传选译	张　萍　陆三强	黄永年	24.00
西厢记选译	王立言	董治安	20.00
元代散曲选译	彭久安	刘烈茂　金开诚	21.00
日知录选译	张艳云　段塔丽	黄永年	22.00
桃花扇选译	张文澍	章培恒　段文桂	15.00
牡丹亭选译	卓连营	章培恒	14.00
长生殿选译	戚海燕	董治安	20.00